U0694191

理查二世的悲剧

（今译为《理查二世》）

【英】莎士比亚 著

朱生豪 译

朱尚刚 审订

中国青年出版社

献 辞

谨以此书献给

父亲朱生豪诞辰 100 周年！

——朱尚刚

本书系

朱尚刚先生推荐的

莎士比亚戏剧朱生豪原译本

目录

出版说明

莎士比亚戏剧朱生豪原译本
珍藏全集

　　"莎士比亚戏剧朱生豪原译本珍藏全集"丛书，其中 27
部是根据 1947 年（民国三十六年）世界书局出版、朱生豪
翻译的《莎士比亚戏剧全集》（三卷本）原文，四部历史剧
（《约翰王》、《理查二世的悲剧》、《亨利四世前篇》、《亨
利四世后篇》）是借鉴 1954 年作家出版社出版、朱生豪翻
译的《莎士比亚戏剧集》（十二），同时参考其手稿出版的。

　　朱生豪翻译莎士比亚戏剧以"保持原作之神韵"为首要
宗旨。他的译作也的确实现了这个宗旨，以其流畅的译笔、
华赡的文采，保持了原作的神韵，传达了莎剧的气派，被誉
为翻译文学的杰作，至今仍受到读者的热烈欢迎和学界的高
度评价。许渊冲曾评价说，二十世纪我国翻译界可以传世的
名译有三部：朱生豪的《莎士比亚全集》、傅雷的《巴尔扎
克选集》和杨必的《名利场》。

　　于是，朱生豪译本成为市场上流通最广的莎剧图书，发

行量达数千万册。但鲜为人知的是，目前市场上有几十种朱译莎剧的版本，虽然都写着"朱生豪译"，但所依据的大多是人民文学出版社 1978 年的"校订本"——上世纪 60 年代初期，人民文学出版社组织一批国内一流专家对朱生豪原译本进行校订和补译，1978 年出版成"校订本"——经校订的朱译莎剧无疑是对原译本的改善，但在某种意义上来说，校订者和原译者的思维定式和语言习惯不同，因此经校订后的译文在语言风格的一致性等方面受到了影响，还有学者对某些修改之处也提出存疑，尤其是以"职业翻译家"的思维方式，去校订和补译"文学家翻译"的译本语言，不但改变了朱生豪原译之味道，也可能在一定程度上影响了莎剧"原作之神韵"的保持。

当流行的朱译莎剧都是"被校订"的朱生豪译本时，时下读者鲜知人文校订版和"朱生豪原译本"的差别，错把冯京当马凉，几乎和本色的朱生豪译作失之交臂。因此，近年来不乏有识之士呼吁：还原朱生豪原译之味道，保持莎剧原作之神韵。

中国青年出版社根据朱生豪后人朱尚刚先生推荐的原译版本，对照朱生豪翻译手稿进行审订，还原成能体现朱生豪原译风格、再现朱译莎剧文学神韵的"原译本"系列，让读者能看到一个本色的朱生豪译本（包括他的错漏之处）。

1947年（民国三十六年），世界书局首次出版朱生豪译的《莎士比亚戏剧全集》时，曾计划先行出版"单行本"系列，朱生豪夫人宋清如女士还为此专门撰写了"单行本序"，后因直接出版了三卷本的"全集"，未出单行本而未采用。2012年，朱生豪诞辰100周年之际，经朱尚刚先生授权，以宋清如"单行本序"为开篇，中国青年出版社"第一次"把朱生豪原译的31部莎剧都单独以"原译名"成书出版，制作成"单行本珍藏全集"。

谨以此向"译界楷模"朱生豪100周年诞辰献上我们的一份情意！

2012年8月

《莎剧解读》序（节选）

我们在翻译中，首先碰到的问题就是评论中所引用的莎士比亚原文，究竟由我们自己翻译出来，还是借用接任已有的翻译。我们决定借用别人的译文。当时译出的莎剧已经不少，译者大多都是名家，但我们毫不迟疑地选择了朱生豪的译本。朱的译本于抗战时期在世界书局出版，装订为三厚册。他翻译此书时，年仅三十多岁。他不顾当时环境艰苦，条件简陋，以极大的毅力和热忱，完成了这项难度极高的巨大工程，真是令人可敬可服。一九五四年，人民文学出版社将它再版重印，分为十二册，文字没有作什么更动，只是将有些剧本的名字改得朴素一点。我们在翻译莎剧评论时，所援引的原著译文就是根据这一版本。当时我见到主持出版社工作的老友适夷，对他说，他办了一件好事。不料后来，出版社却把这一版本停了，改出新的版本。新版本补充了朱生豪未译的几个历史剧，而对朱译的其他各剧，则请人再据原文校改。校改者虽然大多尊重原译，但是在个别文字上也作了不少订正。从个别字汇来看，不能说这些订正不对，校改者所订正的某些字，确实比原译更确切。但从整体来看，还有原译的精神面貌问题，即传神达旨的问题必须加以考虑。拘泥原著每个字的准确性，不一定就更能传达原著的总体精神面貌。相反，有时甚至可能会损害原著的整体精神。我国古代文论中，刘勰有所谓"谨发而易貌"的说法，即是指此。这意思是说，画家倘拘泥于去画人的每根头发，反而是会使人的面貌走样。汤用彤曾说魏晋识鉴在神明。从那时起我国审美趣味十分重视传神达旨。刘知几《史通》区分了貌同心异与貌异心同两种不同的模拟，认为前者为下，后者为上，也是阐明同一道理。过去我们的翻译理论强调直译，这在一定时期（或在纠正不负责任随心所欲的意译之风时）是必要的，但如果强调过头，忽略传神达旨的重要，那也成为另一种一偏之见了。朱译在传神达旨上可以说是首屈一指的，所以我们翻译莎剧评论引用原剧文字时，仍用未经动过的朱译。我们准备这样做也得到了满涛的同意。后来他在翻译中倘遇到莎剧文字，也同样援用一九五四年出的朱译本子。直到后来，我才知道，朱生豪和我少年时代的老师任铭善先生是大学的同学而且友善，二人在校时即同组诗社唱和。有趣的是任先生学的是外文，后来却弃外文而专攻国学；而朱生豪在校时，读的是中文，后来却弃中文而投身莎士比亚的翻译。朱的译文，不仅优美流畅，而且在韵味、音调、气势、节奏种种行文微妙处，莫不令人击节赞赏，是我读到莎剧中译的最好译文，迄今尚无出其右者。

（此部分摘录自歌德等著，张可、王元化译的《莎剧解读》，经王元化家属桂碧清女士特别授权使用。）

莎氏剧集单行本序[①]

文／宋清如

盖惟意志坚强，识见卓越之士，为能刻苦淬砺，历艰难而不退，守困穷而不移，然后成其功遂其业。吾于生豪之译莎氏剧本全集，亦不得不云然。余识生豪久，知生豪深，洞悉其译莎剧之始末。且大部之成，余常侍其左右，故每念其沥尽心血，未及完工，竟以身殉，恒不自禁其哀怨之切也。

生豪秀水人，幼具异禀，早失怙恃，性情温和若女子。然意志刚强，识见卓越，平生无嗜好，洁身自爱，不屑略涉非礼，颇有伯夷之风。年十八卒业于邑之秀州中学，入杭州之江大学工国文英文两科，师友皆目为杰出之人才。卒业后于世界书局任英文编辑，每公事毕辄浏览群书，尤嗜诗歌。后乃悉心研究莎氏剧本，从事移植。尝谓莎翁著作足以冠盖千古，超越千古，而我国至今尚无全集之译本，诚足令人齿

[①] 1947 年世界书局曾经考虑在出版三卷本的《莎士比亚戏剧全集》前先出系列单行本，为此宋清如女士专门拟写了序。后来世界书局没有出单行本，直接出全集了，这篇序也就没有采用。经朱尚刚先生授权，首次在珍藏版莎士比亚戏剧系列单行本上独家采用。——编者注

冷。余决勉为其难，一洗此耻。其译作之经过，略见于其自序。厥后因用心过度，精神日损而贫困日甚。译事伤其神，国事家事短其气，而孜孜矻矻工作益勤，操心益苦。不幸竟于三十三年六月肺疾加剧，委顿床席，奔走无方，医药不继，终致于十二月廿六日未时谢世，年仅三十又四[①]。莎剧全集尚缺五本又半，抱志未酬，哀哉痛哉！

生豪喜诗歌，早年著作均失于战火。尝自辑其旧体诗歌，釐为四卷，分歌行、漫越、长短句及译诗，而命之谓《古梦集》。新体诗则有《小溪集》、《丁香集》等。皆于中美日报馆被占时失去。今所存仅少数新诗耳。

自致力译莎工作以后，绝少写作。良以莎翁作品使之心醉神往，反觉己之粗疏浅陋，不能自惬于怀。尝拟于莎剧全集译竣而后，再译莎翁十四行诗。不意大业未就，遽而弃世。才人命蹇，诚何痛惜！生豪于中国诗人中，酷爱渊明，盖其恬淡之性，殊多同趣也。至于译笔之优劣短长，自有公论，余不欲以偏见淆其面目也。

[①] 朱生豪生于 1912 年 2 月（阴历为壬子年 12 月），1944 年 12 月去世，去世时是 32 周岁，但若按阴历虚岁计算的话，就是 34 岁。——编者注

剧中人物

理查二世

约翰·刚脱——兰开斯脱公爵 ⎫
　　　　　　　　　　　　　⎬——理查王之叔父
埃特门·兰格雷——约克公爵 ⎭

亨利·波林勃洛克——喜尔福特公爵，约翰·刚脱
　　　　　　　　　之子，即位后称亨利四世

奥墨尔公爵——约克公爵之子

汤麦斯·毛勃雷——诺福克公爵

奢累公爵

萨力斯拜雷伯爵

勃克雷勋爵

布希　　⎫
　　　　⎪
巴谷脱　⎬——理查王之近侍
　　　　⎪
格林　　⎭

诺登勃兰伯爵

亨利·泼息·豪士魄——诺登勃兰伯爵之子

洛斯勋爵

惠罗比勋爵

费滋华脱勋爵

卡莱尔主教

威斯明斯脱长老

司礼官

披厄斯·埃克斯敦爵士

史蒂芬·史格鲁泼爵士

威尔斯军队长

王后

葛罗斯脱公爵夫人

约克公爵夫人

宫女

群臣，传令官，军官，兵士，园丁，狱吏，使者，马夫，及其他侍从等。

地点

英格兰及威尔斯各地

第一幕

我是天生发号施令的人，不是惯于向人请求的。既然我不能使你们成为友人，那么准备着吧。

第一场　伦敦；宫中一室

【理查王率侍从，约翰·刚脱，及其他贵族等上。

理　　高龄的约翰·刚脱，德绛望重的兰开斯脱，你有没有遵照你的誓约，把亨利·喜尔福特，你的勇敢的儿子带来，证实他上次对诺福克公爵汤麦斯·毛勃雷所提出的猛烈的控诉？那时我因为政务忙碌，没有听他说下去。

刚　　我把他带来了，陛下。

理　　再请你告诉我，你有没有试探过他的口气，究竟他控诉这位公爵，是出于私人的宿怨呢，还是因为尽一个忠臣的本分，知道他确实有谋逆的行动？

刚　　照我所能从他嘴里探听出来的他的动机，的确是因为看到有人在进行不利于陛下的阴谋，并不是出于内心的私怨。

理　　那么叫他们来见我吧；让他们当面对质，怒目相视，我要听一听原告和被告双方无拘束的争辩。（若干从者下）他们两个都是意气高傲，秉性刚强的人；

在盛怒之中，他们就像大海一般聋聩，烈火一般躁急。

【从者等率波林勃洛克及毛勃雷重上。

波　　愿无数幸福的岁月降临于我的宽仁慈爱的君王！

毛　　愿陛下的幸福与日俱长，直到上天嫉妒地上的佳运，把一个不朽的荣称加在您的王冠之上！

理　　我谢谢你们两位；可是两人之中，有一个人不过向我假意谄媚，因为你们今天来此的目的，是要彼此互控各人以叛逆的重罪。喜尔福特贤弟，你对于诺福克公爵汤麦斯·毛勃雷有什么不满？

波　　第一，——愿上天记录我的言语！——我今天来到陛下的御座之前，提出这一件控诉，完全是出于一个臣子关怀他主上安全的一片忠心，绝对没有什么恶意的仇恨。现在，汤麦斯·毛勃雷，我要和你面面相对，听好我的话吧；我的身体将要在这人世证明我所说的一切，否则我的灵魂将要在天上担保它的真实。你是一个叛徒和奸贼，辜负国恩，死有余辜；天色越是晴朗空明，越显得浮云的混浊。让我再用奸恶的叛徒的名字塞在你的嘴里。请陛下允许我，在我离开这儿以前，我要用我正义的宝剑证明我的说话。

毛　　不要因为我言辞的冷淡而责怪我情虚气馁；这不是一场妇人的战争，可以凭着舌剑唇枪，解决我们两人之间的争端；热血正在腔子里沸腾，准备因此而溅洒。可是我并没有唾面自干的耐性，能够忍受这样的侮辱而不发一言。第一因为当着陛下的天威之前，不敢不抑制我的口舌，否则我早就把这些叛逆的名称加倍掷还给他了。倘不是他的身体里流着高贵的王族的血液，假如他不是陛下的亲属，我就要向他公然挑战，把唾涎吐在他的身上，骂他是一个造谣诽谤的懦夫和恶汉；为了证实他是这样一个人，我愿意让他占我先着，和他决一雌雄，即使我必须徒步走到亚尔卑斯山的冰天雪地之间，或是任何英国人所敢于涉足的辽远的地方和他相会，我也决不畏避。现在让我为我的忠心辩护，凭着我的一切希望发誓，他说的全然是虚伪的诳话。

波　　脸色惨白的战栗的懦夫，这儿我掷下我的手套，声明放弃我的国王亲属的身分；你的恐惧，不是你的尊敬，使你承认我的血统的尊严。要是你的畏罪的灵魂里还残留着几分勇气，敢接受我的荣誉的信物，那么俯身下去，把它拾起来吧；凭着它和一切武士的礼仪，我要和你彼此用各人的武器决战，证实你的罪状，揭破你的谎话。

毛　我把它拾起来了；凭着那轻按我的肩头，使我受到武士荣封的御剑起誓，我愿意接受一切按照武士规律的正当的挑战；假如我是叛徒，或者我的应战是违反良心的，但愿我一上了马，不再留着活命下来！

理　我的贤弟控诉毛勃雷的，究竟是一些什么罪名？像他那样为我们所倚畀的人，倘不是果然犯下彰明的重罪，是决不会引起我们丝毫恶意的猜疑的。

波　瞧吧，我所说的话，我的生命将要证明它的真实。毛勃雷曾经借着补助王军军饷的名义，领到八千金币；像一个奸诈的叛徒，误国的恶贼，他把这一笔饷款全数填充了他私人的欲壑。除了这一项罪状以外，我还要说，并且准备在这儿或者在任何英国人眼光所及的最远的边界，用武力证明，这十八年来，我们国内一切叛逆的阴谋，追本穷源，都是出于毛勃雷的主动。不但如此，我还要凭着他的罪恶的生命，肯定地指出葛罗斯脱公爵是被他设计谋害的，像一个卑怯的叛徒，他嗾使那位公爵的轻信的敌人用暴力溅洒了他的无辜的血液；正像被害的亚伯一样，他的血正在从无言的墓穴里向我高声呼喊，要求我替他伸冤雪恨，痛惩奸凶；凭着我的光荣的家世起誓，我要手刃他的仇人，否则宁愿丧失我的生命。

理　　他的决心多么坚强高亢！汤麦斯·诺福克，你对于这番话有些什么辩白？

毛　　啊！请陛下转过脸去，暂时塞住您的耳朵，等我告诉这侮辱他自己血统的人，上帝和善良的世人是多么痛恨这样一个说谎的恶徒。

理　　毛勃雷，我的眼睛和耳朵是大公无私的；他不过是我的叔父的儿子，即使他是我的同胞兄弟，或者是我的王国的继承者，凭着我的御杖的威严起誓，这一种神圣的血统上的关连，也不能给他任何的特权，或者使我不可摇撼的正直的心灵对他略存偏袒。他是我的臣子，毛勃雷，你也是我的臣子；我允许你放胆说话。

毛 那么，波林勃洛克，我就说你这番诬蔑的狂言，完全是从你虚伪的心头经过你的奸诈的喉咙所发出的欺人的诳话。我所领到的那笔饷款，四分之三已经分发给驻在卡莱的陛下的军队；其余的四分之一是我奉命留下的，因为我上次到法国去迎接王后的时候，陛下还欠我一笔小小的旧债。现在把你那句诳话吞下去吧。讲到葛罗斯脱，他并不是我杀死的；可是我很惭愧那时我没有尽我应尽的责任。对于您，高贵的兰开斯脱公爵，我的敌人的可尊敬的父亲，我确曾一度企图陷害过您的生命，为了这一次过失，使我的灵魂感到极大的疚恨；可是在我最近一次领受圣餐以前，我已经坦白自认，要求您的恕宥，我希望您也已经不记旧恶了。这是我的错误。至于他所控诉我的其余的一切，全然出于一个卑劣的奸人，一个丧心的叛徒的恶意；我要勇敢地为我自己辩护，在这傲慢的叛徒的足前交换掷下我的挑战的信物，凭着他胸头最优良的血液，证明我的耿耿不贰的忠贞。我诚心请求陛下替我们指定一个决斗的日期，好让世人早一些判断我们的是非曲直。

理　　你们这两个燃烧着怒火的武士，听从我的旨意；让我们用不流血的方式，销除彼此的愤怒。我虽然不是医生，却可以下这样的诊断：深刻的仇恨会造成太深的伤痕。劝你们捐嫌忘怨，言归于好，我们的医生说这一个月内是不应该流血的。好叔父，让我们赶快结束这一场刚刚开始的争端；我来劝解诺福克公爵，你去劝解你的儿子吧。

刚　　像我这样年纪的人，做一个和事老是最合适不过的。我的儿，把诺福克公爵的手套捧下了吧。

理　　诺福克，你也把他的手套捧下来。

刚　　怎么，哈利，你还不捧下？做父亲的不应该向他的儿子发出第二次的命令。

理　　诺福克，我吩咐你把它捧下；争持下去是没有好处的。

毛　　尊严的陛下，我愿意把自己投身在你的足前。你可以支配我的生命，可是不能强迫我容忍耻辱；为你尽忠效死是我的天职，可是即使死神高踞在我的坟墓之上，你也不能使我的美好的名誉横遭污毁。我现在在这儿受到这样的羞辱和诬蔑，谗言的有毒的枪尖刺透了我的灵魂，只有他心头的鲜血，才可以医治我的创伤。

理　一切意气之争必须停止；把他的手套给我；雄狮的神威可以使豹子慑伏。

毛　是的，可是不能改变它身上的斑点。要是你能够取去我的耻辱，我就可以献上我的手套。我的好陛下，无瑕的名誉是世间最纯粹的珍宝；失去了名誉，人类不过是一些镀金的粪土，染色的泥块。忠贞的胸膛里一颗勇敢的心灵，就像藏在十重键锁的箱中的珠玉。我的荣誉就是我的生命，二者互相结为一体；取去我的荣誉，我的生命也就不再存在。所以，我的好陛下，让我为我的荣誉作一次试验吧；我藉着荣誉而生，也愿意为荣誉而死。

理　贤弟，你先摔下你的手套吧。

波　啊！上帝保佑我的灵魂不要犯这样的重罪！难道我要在我父亲的面前垂头丧气，怀着卑劣的恐惧，向这理屈气弱的懦夫低头服罪吗？在我的舌头用这种卑怯的侮辱伤害我的荣誉，发出这样可耻的求和的声请以前，我的牙齿将要把这种自食前言的懦怯的畏惧嚼为粉碎，把它带血唾在那无耻的毛勃雷的脸上。（刚下）

理　　我是天生发号施令的人，不是惯于向人请求的。既然我不能使你们成为友人，那么准备着吧，圣兰勃脱日①在科文脱里，你们将要以生命为孤注，你们的短剑和长枪将要替你们解决你们势不两立的争端；你们既然不能听从我的劝告而和解，我们只好信任冥冥中的公道，把胜利的光荣判归无罪的一方。司礼官，传令执掌比武仪法的官吏准备起来，导演这一场同室的交讧。（同下）

———————

　　① 圣兰勃脱日（St.Lambert day），九月十七日，纪念圣兰勃脱的节日。——译者注

第二场　同前；兰开斯脱公爵府中一室

【刚脱及葛罗斯脱公爵夫人上。

刚　　　唉！那在我血管里流着的伍特斯滔克的血液，比你的呼吁更有力地要求我向那杀害他生命的屠夫复仇。可是矫正这一个我们所无能为力的错误的权力，既然操之于造成这错误的人的手里，我们只有把我们的不平委托于上天的意志，到了时机成熟的一天，它将会向作恶的人们降下严厉的惩罚。

葛夫人　难道兄弟之情不能给你一点更深的刺激吗？难道你衰老的血液里的爱火已经不再燃烧了吗？你是爱德华的七个儿子中的一个，你们兄弟七人，就像盛放他的神圣的血液的七个宝瓶，又像同一树根上苗长的七条美好的树枝；七人之中，有的因短命而枯萎，有的被命运所摧残，可是汤麦斯，我的亲爱的夫主，我的生命，我的葛罗斯脱，满盛着爱德华的神圣的血液的一个宝瓶，从他的最高贵的树根上，苗长的一条繁茂的树枝，却被妒嫉的毒手击破，被凶徒的血斧斩断，倾尽了瓶中的宝液，凋落了枝头的茂叶。啊，刚脱！他的血也就是你的血；你和他同胞共体，同一的模型铸下了你们；虽然你还留着一口气活在世上，可是你的一部分生命已经跟着他死去了。你眼看着人家杀死你那不幸的兄弟，等于默许凶徒们谋害你的父亲，因为他的身上存留着你父亲生前的遗范。不要说那是忍耐，刚脱；那是绝望。你容忍你的兄弟被人这样屠戮，等于把你自己的生命开放一条通路，向凶恶的暴徒指示杀害你的门径。在卑贱的人们中间我们所称为忍耐的，在尊贵者的胸中就是冷血的懦怯。我应该怎么说呢？为了保卫你自己的生命，最好的方法就是为我的葛罗斯脱复仇。

刚　　这一场血案应该由上帝解决，因为促成他的死亡的祸首是上帝的代理人，一个受到圣恩膏沐的君主；要是他死非其罪，让上天平反他的冤屈吧，我是不能向上帝的使者举起愤怒的手臂来的。

葛夫人　　那么，唉！什么地方可以让我声诉我的冤苦呢？

刚　　向上帝声诉，他是寡妇的保卫者。

葛夫人　　好，那么我要向上帝声诉。再会吧，年老的刚脱。

你到科文脱里去，瞧我的侄儿喜尔福特和凶狠的毛勃雷决斗；啊！但愿我丈夫的冤魂依附在喜尔福特的枪尖上，让它穿进了屠夫毛勃雷的胸中；万一刺而不中，愿毛勃雷的罪恶压住他的全身，使他那流汗的坐骑因不胜重负而把他掀翻地上，像一个卑怯的懦夫，匍匐在我的侄儿喜尔福特的足下！再会吧，年老的刚脱；你的已故的兄弟的妻子必须带着悲哀终结她的残生。

刚　　弟妇，再会；我必须到科文脱里去。愿同样的幸运陪伴着你，跟随着我！

葛夫人　　可是还有一句话。悲哀落在地上，还会重新跳起，不是因为它的空虚，而是因为它的重量。我的谈话还没有开始，我就向你告别，因为悲哀虽然好像已经终止，它却永远不会完毕。为我向我的兄弟埃特门·约克致意。瞧！这就是我所要说的一切。不，你不要就这样去了；虽然我只有这一句话，不要走得这样匆忙；我还要论起一些别的话来。请他——啊，什么？——赶快到普拉希看我一次。唉！善良的老约克到了那边，除了空旷的房屋，萧条的四壁，无人的仆舍，苔封的石级以外，还看得到什么？除了我的悲苦呻吟以外，还听得到什么欢迎的声音？所以为我向他致意；叫他不要到那边去，找寻那到处充斥着的悲哀。孤独地，孤独地我要去饮恨而死；我的流泪的眼向你作最后的永诀。（各下）

第三场　科文脱里附近旷地，设围场
及御座；传令官等侍立场侧

【司礼官及奥墨尔上。

司礼官　　奥墨尔大人，哈利·喜尔福特有没有武装好了？

奥　　　　是的，他已经装束齐整，恨不得立刻进场。

司礼官　　诺福克公爵精神抖擞，勇气勃勃，但等原告方面
　　　　　喇叭的召唤。

奥　　　　那么决斗的双方都已经准备好了，只要王上一到，
　　　　　就可以开始。

【喇叭奏花腔。理查王上，就御座；刚脱，布希，巴谷脱，
格林，及余人等随上，各各就座。喇叭高鸣，另一喇
叭在内相应。被告毛勃雷穿甲胄上，一传令官前导。

理　　　　司礼官，问一声那边的武士，他穿了甲胄到这儿来
　　　　　的原因；问他叫什么名字，按照法定的手续，叫他

宣誓他的动机是正直的。

司礼官　　凭着上帝的名义和国王的名义，说你是什么人，为什么穿着武士的装束到这儿来，你要跟什么人决斗，你们的争端是什么。凭着你的武士的身分和你的誓言，从实说来；愿上天和你的勇气保卫你！

毛　　　我是诺福克公爵汤麦斯·毛勃雷，遵照我所立下的不可毁弃的武士的誓言，到这儿来和控诉我的喜尔福特当面质对，向上帝，我的君王，和他的后裔表白我的忠心和诚实；凭着上帝的恩惠和我这手臂的力量，我要一面洗刷我的荣誉，一面证明他是一个对上帝不敬，对君王不忠，对我不义的叛徒。我为正义而战斗，愿上天佑我！（就座）

【喇叭高鸣；原告波林勃洛克穿甲胄上，一传令官前导。

理　　　司礼官，问一声那边穿着甲胄的武士，他是谁，为什么全副戎装到这儿来；按照我们法律上所规定的手续，叫他宣誓声明他的动机是正直的。

司礼官　　你的名字叫什么？为什么你敢当着理查王的面前，

到这儿他的校场里来？你要和什么人决斗？你们的

争端是什么？像一个正直的武士，你从实说吧；愿

上天保佑你！

波　　我是兼领喜尔福特，兰开斯脱，和特培三处采邑的哈

利；今天武装来此，准备在这围场之内，凭着上帝

的恩惠和我的身体的勇力，证明诺福克公爵汤麦

斯·毛勃雷是一个对上帝不敬，对理查王不忠，对

我不信不义的奸诈险恶的叛徒。我为正义而战斗，

愿上天佑我！

司礼官　　除了司礼官和奉命监视这次比武仪典的官员以外，

倘有大胆不逞之徒，擅敢触动围场界线，立处死刑，

决不宽贷。

波　　司礼官，让我吻一吻我的君王的手，向他的御座之

前屈膝致敬；因为毛勃雷跟我就像两个立誓踏上漫

长而辛苦的旅途的人，所以让我们按照正式的礼节，

各自向我们的亲友们作一次温情的告别吧。

司礼官　　原告恭顺地向陛下致敬，要求一吻御手，申达他

告别的诚意。

理　　（下座）我要亲下御座，把他拥抱在我的怀里。喜尔

福特贤弟，你的动机既然是正直的，愿你在这次庄严的战斗里获得胜利！再会吧，我的亲人；要是你今天洒下你的血液，我可以为你悲恸，可是不能代你报复杀身之仇。

波 啊！要是我被毛勃雷的枪尖所刺中，不要让一只高贵的眼睛为我浪掷一滴泪珠。正像猛鹰追逐一头小鸟，我对毛勃雷抱着必胜的自信。我的亲爱的王上，我向您告别了；别了，我的奥墨尔贤弟；虽然我要去和死亡搏斗，可是我并没有病，我还是年青力壮，愉快地呼吸着空气。瞧！正像在英国的筵席上，最美味的佳肴总是放在最后，留给人们一个无限余甘的回忆；我最后才向你告别，啊，我的生命的人间的创造者！你的青春的精神复活在我的心中，用双重的巨力把我凌空举起，攀取那高不可及的胜利；愿你用祈祷加强我的甲胄的坚实，用祝福加强我的枪尖的锋锐，让它突入毛勃雷的蜡制的战袍之内，藉着你儿子的勇壮的行为，使约翰·刚脱的名字闪耀出新的光彩。

刚 上帝保佑你的正义的行动得胜！愿你的动作像闪电一

般敏捷，你的八倍威力的打击，像惊人的雷霆一般
降在你的恶毒的敌人的盔上；振起你的青春的精力，
勇敢地活着吧。

波　我的无罪的灵魂和圣乔治帮助我得胜！（就座）

毛　（起立）不论上帝和造化给我安排下怎样的命运，
或生或死，我都是尽忠于理查王陛下的一个赤心正
直的臣子。从来不曾有一个囚人用这样奔放的热情
脱下他的缚身的锁链，拥抱那无拘束的黄金的自由，
像我的雀跃的灵魂一样接受这一场跟我的敌人互决
生死的鏖战。最尊严的陛下和我的各位同僚，从我
的嘴里接受我的虔诚的祝福。像参加一场游戏一般，
我怀着轻快的心情挺身赴战；正直者的胸襟永远是
安定的。

理　再会，公爵。我看见正义和勇敢在你的眼睛里闪耀。
司礼官，传令开始比武。（王及群臣各就原座）

司礼官　喜尔福特，兰开斯脱，和特培的哈利，过来领你
的枪；上帝保佑正义的人！

波　（起立）抱着像一座高塔一般坚强的信心，我应
着“阿们”。

司礼官 （向一官吏）把这枝枪送给诺福克公爵。

传令官甲 这儿是喜尔福特，兰开斯脱和特培的哈利，站在
上帝，他的君王，和他自己的立场上，证明诺福克
公爵汤麦斯·毛勃雷是一个对上帝不敬，对君王不
忠，对他不义的叛徒；倘使所控不实，他愿意蒙上
奸伪卑怯的恶名，永远受世人唾骂。他要求诺福克
公爵出场，接受他的挑战。

传令官乙 这儿站着诺福克公爵汤麦斯·毛勃雷，准备表白
他自己的无罪，同时证明喜尔福特，兰开斯脱，和
特培的哈利是一个对上帝不敬，对君王不忠，对他
不义的叛徒；倘使所言失实，他愿意蒙上奸伪卑怯
的恶名，永远受世人唾骂。他勇敢地怀着一腔热望，
等候着决斗开始的信号。

司礼官 吹起来，喇叭；上前去，交战的斗士。（吹战斗号）
且慢，且慢，王上把他的御杖掷下来了。

理 叫他们脱下战盔，放下长枪，各就原位。跟我退下去；
当我向这两个公爵宣布我们的判决的时候，让喇叭
高声吹响。（喇叭奏长花腔。向决斗者）过来，倾
听我们会议的结果。因为我们的国土不应被它所养

的宝贵的血液所沾污；因为我们的眼睛痛恨同室操
戈所造成的内部的裂痕；因为你们各人怀着凌云的
壮志，冲天的豪气，造成各不相下的敌视和憎恨，
把我们那像婴儿一般熟睡着的和平从它的摇篮中惊
醒；那战鼓的喧聒的雷鸣，那喇叭的刺耳的嗥叫，
那刀枪的愤怒的击触，也许会把美好的和平吓退出
我们安谧的疆界以外，使我们的街衢上横流着我们
自己亲属的血：所以我宣布把你们放逐出境。你，
喜尔福特贤弟，必须在异国踏着流亡的征途，在十
个夏天丰盛我们田野的收获以前，不准归返我们美
好的国土，倘有故违，立处死刑。

波　　愿您的旨意成全。我必须把这样的思想安慰我自己，
那在这儿给您温暖的太阳，将要同样照在我的身上；
它的金色的光辉耀射着您的王冠，也会把光明的希
望煊染我的流亡的岁月。

理　　诺福克，你所得到的是一个更严重的处分，虽然我
很不愿向你宣布这样的判决：狡狯而迟缓的光阴不
能决定你的无期放逐的终限；"永远不准回来"，这
一句绝望的话，就是我对你所下的宣告；倘有故违，

立处死刑。

毛　一句严重的判决，我的无上尊严的陛下；从陛下的嘴里发出这样的宣告，是全然出于意外的；陛下要是顾念我过去的微劳，不应该把这样的处分加在我的身上，使我远窜四荒，和野人顽民呼吸着同一的空气。现在我必须放弃我在这四十年来所学习的语言，我的本国的英语；现在我的舌头对我一无用处，正像一张无弦的古琴，或是一具优美的乐器，放在一个不谙音律者的手里。您已经把我的舌头幽禁在我的嘴里，让我的牙齿和嘴唇成为两道闸门，使冥顽不灵的愚昧做我的狱卒。我太老了，不能重新做一个牙牙学语的婴孩；我的学童的年龄早已被我蹉跎过去。你现在禁止我的舌头说它故国的语言，这样的判决不等于无言的死刑吗？

理　悲伤对于你无济于事；判决已下，叫苦也是太迟了。

毛　那么我就这样离开我的故国的光明，在无穷的黑夜的阴影里栖身。（欲退）

理　回来，你们必须再作一次宣誓。把你们被放逐的手按在我的御剑之上，虽然你们对我应尽的忠诚，已

经随着你们自己同时被放，可是你们必须凭着你们
对上帝的信心，立愿遵守我所要向你们提出的誓约。
愿真理和上帝保佑你们！你们永远不准在放逐期
中，接受彼此的友谊；永远不准互相见面；永远不
准暗通声气，或是蠲除你们在国内时的嫌怨，言归
于好；永远不准同谋不轨，企图危害我，我的政权，
我的臣民，或是我的国土。

波　　我宣誓遵守这一切。

毛　　我也同样宣誓遵守。

波　　诺福克，我认定你是我的敌人；要是王上允许我们，
我们两人中的一人的灵魂，这时候早已飘荡于太虚
之中，从我们这肉体的脆弱的坟墓里被放逐出来，
正像现在我们的肉体被放逐出这国境之外一样了。
趁着你还没有逃出祖国的领土，赶快承认你的奸谋
吧；因为你将要走一段辽远的路程，不要让一颗罪
恶的灵魂的重担沿途拖累着你。

毛　　不，波林勃洛克，要是我曾经起过叛逆的贰心，愿
我的名字从生命的册籍上注销；愿我从天上放逐，
正像从我的本国放逐一样！可是上帝，你，我，都

知道你是一个什么人；我怕转眼之间，王上就要自悔他的失着了。再会，我的陛下。现在我决不会迷路；除了回到英国以外，全世界都是我的去处。（下）

理 叔父，在你晶莹的眼球里，我可以看到你的悲痛的心；你的愁惨的容颜，已经从他放逐的期限中减去四年的时间了。（向波）度过了六个寒冬，你再在祖国的欢迎声中回来吧。

波 一句短短的言语里，藏着一段多么悠长的时间！四个沉滞的冬天，四个轻狂的春天，都在一言之间化为乌有：这就是君王的纶音。

刚 感谢陛下的洪恩，为了我的缘故，缩短我的儿子四年放逐的期限；可是这样额外的宽典，并不能使我沾到什么利益，因为在他六年放逐的岁月尚未完毕之前，我这一盏油干焰冷的灯，早已在无边的黑夜里熄灭，我这径寸的残烛早已烧尽，盲目的死亡再也不让我看见我的儿子了。

理 啊，叔父，你还有许多年好活哩。

刚 可是，王上，你不能赐给我一分钟的寿命。你可以假手阴沉的悲哀缩短我的昼夜，可是不能多借我一个清晨；你可以帮助时间刻划我额上的皱纹，可是不能中止它的行程，把我的青春留住；你的一言可以致我于死，可是一死之后，你的整个的王国买不回我的呼吸。

理　你的儿子是在郑重的考虑之下被判放逐的，你自己也曾表示你的同意；那时为什么你对我们的判决唯唯从命呢？

刚　美味的食物往往不宜于消化。您要求我站在法官的立场上发言，可是我宁愿您命令我用一个父亲的身分为他的儿子辩护。啊！假如他是一个不相识者，不是我的孩子，我就可以用更温和的语调，设法减轻他的罪状；可是因为避免徇私偏袒的指责，我却宣判了我自己的死刑。唉！当时我希望你们中间有人会说，我把自己的儿子宣判放逐，未免太忍心了；可是你们却同意了我的违心之言，使我背反我的本意，给我自己这样重大的损害。

理　贤弟，再会吧；叔父，你也不必留恋了。我判决他六年的放逐，他必须立刻就道。（喇叭奏花腔。理查王及扈从等下）

奥　　哥哥，再会吧；虽然不能相见，请你常通书信，让
　　　我们知道你在何处安身。

司礼官　少爵，我并不向您道别，因为我要和您辔同行，
　　　一直送您到陆地的尽头。

刚　　啊！你为什么缄口无言，不向你的亲友们说一句答
　　　谢的话？

波　　虽然我的舌头应该大量吐露我心头的悲哀，可是没
　　　有话可以向你们表示我的离悚。

刚　　你的悲哀不过是暂时的离别。

波　　离别了欢乐，剩下的只有悲哀。

刚　　六个冬天算得什么？它们很快就过去了。

波　　对于欢乐中的人们，六年是一段短促的时间；可是
　　　悲哀使人度日如年。

刚　　算它是一次陶情的游历吧。

波　　要是我用这样误谬的名称欺骗自己，我的心将要因
　　　此而叹息，因为它知道这明明是一次强制的旅行。

刚　　你的征途的忧郁将要衬托出你的还乡的快乐，正像
　　　箔片烘显出宝石的光辉一样。

波　　不，每一个沉重的步伐，不过使我记起我已经多么

迢遥地远离了我所宝爱的一切。难道我必须在异邦的道路上长期作客，当我最后重获自由的时候，除了曾经作过一度悲哀的旅人之外，再没有什么别的可以向人夸耀？

刚　凡是日月所照临的所在，在一个智慧的人看来都是安身的乐土。你应该用这样的思想宽解你的厄运；什么都比不上厄运更能磨炼人的德性。不要以为国王放逐了你，你应该设想你自己就是国王。越是缺少担负悲哀的勇气，悲哀压在心头越是沉重。去吧，就算这一次是我叫你出去追寻荣誉，不是国王把你放逐；或者你可以假想噬人的疫疠弥漫在我们的空气之中，你是要逃到一个健康的国土里去。凡是你的灵魂所珍重宝爱的事物，你应该想像它们是在你的未来的前途，不是在你来时的旧径。歌鸟为你奏着音乐，芳草为你铺起地毯，鲜花是向你巧笑的美人，你的行步都是愉快的舞蹈；谁要是能够把悲哀一笑置之，悲哀也会减弱它的咬人的力量。

波　啊！谁能把一团火握在手里，想像他是在寒冷的高加索群山之上？或者空想着一席美味的盛筵，满足他的久饿的枵腹？或者赤身在严冬的冰雪里打滚，想像盛暑的骄阳正在当空晒炙？啊，不！美满的想像不过使人格外感觉到命运的残酷。悲哀的利齿虽然有时咬人，可是我们不应该触痛心底的伤痕。

刚　来，来，我的儿，让我送你上路。要是我也像你一样年青，处在和你同样的地位，我是不愿留在这儿的。

波　那么英国的大地，再会吧；我的母亲，我的保姆，我现在还在你的怀抱之中，可是从此刻起，我要和你分别了！无论我在何处流浪，至少可以这样自夸：虽然被祖国所放逐，我还是一个纯正的英国人。

（同下）

第四场　伦敦；国王堡中一室

【理查王,巴谷脱,及格林自一门上；奥墨尔自另一门上。

理　　我们在这儿望得很清楚。奥墨尔贤弟，你把高傲的喜
　　　尔福特送到什么地方？

奥　　我把高傲的喜尔福特——要是陛下欢喜这样叫他的
　　　话，——送上了最近的一条大路，就和他分手了。

理　　说，你们流了多少临别的眼泪？

奥　　说老实话，我是流不出什么眼泪来的；只有向我们
　　　迎面狂吹的东北风，偶或刺激我们的眼膜，逼出一
　　　两滴无心之泪，装缀我们漠然的离别。

理　　你跟我那位好兄弟分别的时候，他说些什么话？

奥　　他向我说"再会"。我因为不愿让我的舌头亵渎了
　　　这两个字眼，故意装出悲不自胜，仿佛连话都说不
　　　出来的样子，回避了我的答复。嘿，要是"再会"
　　　这两个字有延长时间的魔力，可以增加他的短期放
　　　逐的年限，那么我一定不会吝惜向他说千百声的"再
　　　会"；可是既然它没有这样的力量，我也不愿为他

浪费我的唇舌。

理　贤弟，他是我们同祖的兄弟，可是他什么时候才能从放逐的生涯中被召回国，我们这一位亲人究竟能不能回来重见他的朋友，还是一个大大的疑问。我自己和这儿的布希，巴谷脱，格林三人，都曾注意到他向平民怎样殷勤献媚，用谦卑而亲昵的礼貌竭力勾引他们的欢心；他会向下贱的奴隶浪费他的敬礼，卑抑他自己的身分，用诡诈的微笑取悦穷苦的工匠，使他们忘记他的地位的尊严；他会向一个叫卖牡蛎的女郎脱帽；一对运酒的车夫向他说了一声上帝保佑他，他就向他们弯腰答礼，说，"谢谢，我的同胞，我的亲爱的朋友。"好像我们的英国已经操在他的手里，他是我的臣民所仰望的未来的君王一样。

格　好，他已经去了，我们也不必再想起这种事情。现在我们必须设法平定爱尔兰的叛乱；迅速的措置是必要的，陛下，否则坐延时日，徒然给叛徒们发展势力的机会，对于陛下却是一个莫大的损失。

理　这一次我要御驾亲征。我们的金库因为维持这一个宫庭的浩大的支出和巨量的赏赉，已经不大充裕，所以不得不出租王家的土地，靠着租税的收入补充这次出征的费用。要是再有不敷的话，我可以给我的居国的摄政者几道空头的诏敕，只要知道什么人有钱，就可以命令他们捐献巨额的金钱，接济我们的需要；因为我现在必须立刻动身到爱尔兰去。

【布希上。

理　　布希，什么消息？

布　　陛下，年老的约翰·刚脱突患重病，刚才差过急使来请求陛下去见他一面。

理　　他现在在什么地方？

布　　在埃利别邸里。

理　　上帝啊，但愿他的医生们把他早早送下坟墓！他的金库的一层边缘，就可以使我那些出征爱尔兰的军士们一个个披上簇新的战袍。来，各位，让我们大家去瞧瞧他；求上帝使我们去得尽快，到得已经太迟。

众　　阿们！（同下）

第二幕

凭着我的沉重的心灵之眼，
我看见你的光荣像一颗流星，
从天空中降落到卑贱的地上。

第一场 伦敦；埃利别邸中一室

【刚脱卧于榻上，约克公爵及余人等旁立。

刚　国王会不会来，好让我对他的少年浮薄的性情吐露我的最后的忠告？

约　不要烦扰你自己，省些说话的气力吧；他的耳朵是不听忠告的。

刚　啊！可是人家说，一个人的临死遗言，就像深沉的音乐一般，有一种自然吸引注意的力量；到了气息仅属的时候，他的话决不会白费，因为真理往往是在痛苦呻吟中说出来的。一个从此以后不再说话的人，他的意见总是比那些少年浮华之徒的甘言巧辩更能被人听取。正像垂暮的斜阳，曲终的余奏，和最后一口啜下的美酒，留给人们最温馨的回忆一样，人们的结局也总是比他们的生前格外受人注目。虽然理查对于我生前的谏劝充耳不闻，我的垂死的哀音也许可以惊醒他的聋聩。

约　不，他的耳朵已经被一片歌功颂德之声所塞住了。

他爱听的是淫靡的诗句，和豪奢的意大利流行些什么时尚的消息，它的一举一动，我们这落后的效颦的国家总是亦步亦趋地追随摹仿。这世上那一种浮华的习气，不管它是多么恶劣，只要是新近产生的，不是很快地就传进了他的耳中？当理性的顾虑全然为倔强的意志所蔑弃的时候，一切忠告都等于白说。不要指导那一意孤行的人；你现在呼吸都感到乏力，何必苦苦地浪费你的口舌。

刚 我觉得自己仿佛是一个新受到灵感激动的先知，在临死之际，这样预言出他的命运：他的轻躁狂暴的乱行决不能持久，因为火势越是猛烈，越容易顷刻烧尽；绵绵的微雨可以落个不断，倾盆的阵雨一忽儿就会停止；驰驱太速的人，很快就觉得精疲力竭；吃得太性急了，难保食物不会哽住喉咙；轻浮的虚荣是一个不知餍足的饕餮者，它在吞噬一切之后，结果必然牺牲在自己的贪欲之下。这一个君王们的御座，这一个统于一尊的岛屿，这一个庄严的大地，这一个战神的别邸，这一个地上的天堂，这一个造化女神为了防御毒害和战祸的侵入，为她自己造下的堡垒，这一个英雄豪杰的诞生之地，这一个小小的世界，这一个镶嵌在银色的海水之中的宝石，那海水就像是一堵围墙，或是一道沿屋的壕沟，杜绝了宵小的觊觎，这一个幸福的国土，这一个英格兰，这一个保姆，这一个繁育着明君贤主的母体，他们的诞生为世人所侧目，他们仗义卫道的功业远震寰宇；这一个像救世主的圣墓一样驰名，孕乳着这许多伟大的灵魂的国土，这一个亲爱的亲爱的国土，它的声誉传遍世界，现在却像一幢房屋，一块田地一般出租了，——我要在垂死之前，宣布这样的事实。英格兰，它的周遭是为汹涌的怒涛所包围着的，它的岩石的崖岸击退海神的进攻，现在却笼罩在耻辱，墨黑的污点，和卑劣的契约之中；那一向征服别人的英格兰，现在已经可耻地征服了它自己。啊！要是这耻辱能够随着我的生命同时消失，我的死该是多么幸福！

【理查王与王后，奥墨尔，布希，格林，巴谷脱，洛斯，及惠罗比同上。

约　　国王来了；他是个少年气盛之人，你要对他温和一些，因为激怒了一头血气方刚的小马，它的野性将要更加难于驯伏。

后　　我们的叔父兰开斯脱贵体怎样？

理　　你好，汉子？老刚脱憔悴得怎么样啦？

刚　　啊！那两个字加在我的身上多么合适；衰老而憔悴的刚脱，真的，我是因为衰老而憔悴了。悲哀在我的心中守着长期的斋戒，断绝肉食的人怎么能不憔悴？为了酣睡的英格兰，我已经长久不眠，不眠是会使人消瘦而憔悴的。望着儿女们的容颜，是做父亲的人们最大的快慰，我却享不到这样的满足；你隔绝了我们父子的亲谊，所以我才会这样憔悴。我这憔悴的一身不久就要进入坟墓，让它的空空的洞穴收拾我的一束枯骨。

理　　病人也会这样大逞辞锋吗？

刚　　不，一个人在困苦之中是会向自己揶揄的；因为我的名字似乎为你所嫉视，所以，伟大的君王，为了奉承你的缘故，我才作这样的自嘲。

理　　临死的人应该奉承活着的人吗？

刚　　不，不，活着的人奉承临死的人。

理　　你现在快要死了，你说你奉承我。

刚　　啊，不！虽然我比你病重，你才是将死的人。

理　　我很健康，我在呼吸，我看见你病在垂危。

刚　　那造下我来的天主知道我看见你的病状多么险恶。你负着你的重创的名声躺在你的国土之上，你的国土就是你的毕命的卧床；像一个过分粗心的病人，你把你那仰蒙圣恩膏沐的身体交给那些最初伤害你的庸医诊治；在你那仅堪覆顶的王冠之内，坐着一千个谄媚的佞人，凭借这小小的范围，侵蚀你的广大的国土。啊！要是你的祖父能够预先看到他的孙儿将要怎样摧残他的骨肉，他一定会早早把你废立，免得耻辱降临到你的身上，可是现在耻辱已经占领了你，你的王冠将要丧失在你自己的手里。嘿，侄儿，即使你是全世界的统治者，出租这一块国土也是一件可羞的事；可是只有这一块国土是你所享有的世界，这样的行为不是羞上加羞吗？你现在是英格兰的地主，不是它的国王；你在法律上的地位是一个必须受法律拘束的奴隶，而且——

理 而且你是一个疯狂的糊涂的呆子，倚仗你的疾病的特权，胆敢用你冷酷的讥讽，骂得我面无人色。凭着我的王座的尊严起誓，倘不是因为你是伟大的爱德华的儿子的兄弟，你这一条不知忌惮的舌头，将要使你的头颅从你那目无君上的肩头落下。

刚 啊！不要饶恕我，我的哥哥爱德华的儿子；不要因为我是他的父亲爱德华的儿子的缘故而饶恕我。像那啄饮母体血液的企鹅一般，你已经痛饮过爱德华的血；我的兄弟葛罗斯脱是个忠厚诚实的好人，——愿他在天上和那些有福的灵魂同享极乐！——他就是一个前例，证明你对于溅洒爱德华的血是毫无顾恤的。帮着我的疾病杀害我吧；愿你的残忍像无情的衰老一般，快快摘下这一朵久已凋萎的枯花。愿你在你的耻辱中生存，可是不要让耻辱和你同归于尽！愿我的言语永远使你的灵魂痛苦！把我搬到床上去，然后再把我送下坟墓；享受着爱和荣誉的人，才会感到生存的乐趣。（侍从等舁刚下）

理 让那些年老而满腹牢骚的人去死吧；你正是这样的

人，这样的人是只配在坟墓里的。

约   请陛下原谅他的年迈有病，出言不检；凭着我的生
         命发誓，他爱您就像爱他的儿子喜尔福特公爵哈利
         一样，要是他在这儿的话。

理   不错，你说得对；喜尔福特爱我，他也爱我；他们
         怎样爱我，我也怎样爱他们。让一切就这样安排着吧。

【诺登勃兰上。

诺   陛下，年老的刚脱向您致意。

理   他怎么说？

诺   不，一句话都没有；他的话已经说完了。他的舌头
         现在是一具无弦的乐器；年老的兰开斯脱已经消耗
         了他的言语，生命，和一切。

约   愿约克也追随在他的后面同归毁灭！死虽然是苦事，
         却可以结束人生的惨痛。

理   最成熟的果子最先落地，他正是这样；他的寿命已
         尽，我们也会有一天像他一样终结我们的旅程。别
         的话不必多说了。现在，让我们讨论讨论爱尔兰的

战事。我们必须扫荡那些粗暴蓬发的爱尔兰步兵，他们像毒蛇猛兽一般，所到之处，除了他们自己以外，谁也没有生存的权利。因为这一次战事规模巨大，需要相当费用，为了补助我们的军需起见，我决定没收我的叔父刚脱生前所有的一切金银，钱币，收益，和动产。

约　我应该忍耐到什么时候呢？啊！恭顺的臣道将要使我容忍不义的乱行到什么限度呢？葛罗斯脱的被杀，喜尔福特的放逐，刚脱的谴责，国内人心的怨愤，我自己身受的耻辱，这些都从不曾使我镇静的脸上勃然变色，或者当着我的君王的面前皱过一回眉头。我是高贵的爱德华的最小的儿子，你的父亲威尔斯亲王是我的长兄，在战场上他比雄狮更凶猛，在和平的时候他比羔羊更温柔。他的脸貌遗传给了你，因为他在你这样的年纪，正和你一般模样；可是当他发怒的时候，他是向法国人，不是向自己人发怒的；他的高贵的手付出了代价，总是取回重大的收获，他却没有把他父亲手里挣下的产业供他自己的挥霍；他没有溅洒过自己人的血，他的手上只染着

他的亲属的仇人的血迹。啊，理查！约克伤心得太
过度了，否则他决不会作这样的比较的。

理　嗨，叔父，这是怎么一回事？

约　啊！陛下，您愿意原谅我就原谅我，否则我也不希
望得到您的宽恕。您要把被放逐的喜尔福特的产业
和权利抓在您自己的手里吗？刚脱死了，喜尔福特
不是还活着吗？刚脱不是一个正直的父亲，哈利不
是一个忠诚的儿子吗？那样一位父亲不应该有一个
后嗣吗？他的后嗣不是一个克绍家声的令子吗？剥
夺了喜尔福特的权利，就是破坏传统的正常的惯例；
明天可以不必跟在今天的后面，你也不必是你自己，
因为倘不是按着父子祖孙世世相传的合法的王统，
你怎么会成为一个国王？当着上帝的面前，我要说
这样的话，——愿上帝使我的话不致成为事实！——
要是您用非法的手段，攫夺了喜尔福特的权利，从
他的法定代理人那儿取得他的产权证书，要求全部
产业的移让，把他的善意的敬礼蔑弃不顾，您将要
招引一千种危险到您的头上，失去一千颗爱戴的赤
心，刺激我的温和的耐性，使我想起那些为一个忠

心的臣子所不能想到的念头。

理　　随你怎样想吧，我还是要没收他的金银财物和土地。

约　　那么我只好暂时告退；陛下，再会吧。谁也不知道什么事情将会接着发生，可是我们可以预料到，不由正道，决不会有好的结果。（下）

理　　去，布希，立刻去找惠脱奢伯爵，叫他到埃利别邸来见我，帮我处理这件事情。明天我们就要到爱尔兰去，再不能耽搁了。我把我的叔父约克封为英格兰总督，代我摄理国内政务；因为他为人公正，一向对我很尽忠心。来，我的王后，明天我们必须分别了；快乐些吧，因为我们留恋的时间已经十分短促。（喇叭奏花腔。国王，王后，布、奥、格、巴等同下）

诺　　各位大人，兰开斯脱公爵就这样死了。

洛　　可是他还活着，因为现在他的儿子应该承袭爵位。

惠　　他所承袭的不过是一个空洞的名号，毫无实际的收益。

诺　　要是世上还有公道，他应该名利兼收。

洛　　我的心快要胀破了；可是我宁愿让它在沉默中爆裂，也不让一条没遮拦的舌头泄漏它的秘密。

诺　不，把你的心事说出来吧；谁要是把你的话转告别
　　人，使你受到不利的，愿他的舌头连根烂掉！

惠　你想和喜尔福特公爵互通声气吗？要是你果然有这
　　个意思，放胆说吧，朋友；我的耳朵急着要听听对
　　于他有利的消息呢。

洛　除了因为他的世袭财产横遭侵占，对他表示同情以
　　外，我一点不能给他什么助力。

诺　当着上帝的面前发誓，像他这样一位尊贵的王孙，
　　必须忍受这样的屈辱，真是一件可叹的事；而且在
　　这堕落的国土里，还有许多血统高贵的人都遭过类
　　似的命运。国王已经不是他自己，完全被一群谄媚
　　的小人所愚弄；要是他们对我们中间无论那一个人
　　有一些嫌怨，只要几句坏话一说，国王就会向我们，
　　我们的生命，我们的子女和继承者严加究办。

洛　平民们因为他苛征暴敛，已经全然对他失去好感；
　　贵族们因为他睚眦必报，也已经全然对他失去好感。

惠　每天都有新的苛税设计出来，什么空头券，德政税，
　　我也说不清这许多；可是凭着上帝的名义，这样下
　　去怎么是了呢？

诺　战争并没有消耗他的资财，因为他并没有正式上过战场，却用卑劣的妥协手段，把他祖先一刀一枪换来的产业轻轻断送。他在和平时的消耗，比在战时的消耗更大。

洛　惠脱奢伯爵已经奉命把王家的土地出租了。

惠　国王已经破产了，像一个破落的平民一样。

诺　他的行为已经造成了物议沸腾，人心瓦解的局面。

洛　虽然捐税这样烦重，他这次出征爱尔兰还是缺少军费，一定要劫夺这位被放逐的公爵，拿来救济他的眉急。

诺　他的同宗的兄弟；好一个下流的昏王！可是，各位大人，我们听见这一场可怕的暴风雨在空中歌唱，却不去找一个藏身的所在；我们看见逆风打着我们的帆篷，却不知道收帆转舵，只是袖手不动，坐待着覆舟的惨祸。

洛　我们可以很明白看到我们必须遭受的覆亡的命运；因为我们容忍一种祸根乱源而不加纠正，这样的危险现在已经是无可避免的了。

诺　那倒未必；即使在死亡的空洞的眼穴里，我也可以望见生命的消息；可是我不敢说我们的好消息什么时候会到来。

惠 啊，让我们分有你的思想，正像你分有着我们的思想一样。

洛 放心说吧，诺登勃兰。我们三人就像你自己一样；你告诉了我们，等于把你自己的思想藏在你自己的心里；所以你尽管大着胆说好了。

诺 那么你们听着：我从勃兰克港，不列登尼的一个海湾，那边得到消息，说是喜尔福特公爵哈利，最近和埃克斯脱公爵决裂的雷诺特·考勃汉勋爵，他的兄弟前任坎脱拜雷大主教，汤麦斯·欧宾汉爵士，约翰·兰斯登爵士，约翰·诺勃雷爵士，劳勃脱·华脱登爵士，弗兰西斯·夸因脱，他们率领着所部人众，由不列颠公爵供给巨船八艘，战士三千，向这儿迅速开进，准备在短时间内登上我们北方的海岸。他们有心等候国王到爱尔兰去了，然后伺隙进窥，否则也许这时候早已登陆。要是我们决心摆脱奴隶的桎梏，用新的羽毛补葺我们祖国残破的病翼，把受污的王冠从当铺里赎出，拭去那遮掩我们御杖上

的金光的尘埃，使庄严的王座恢复它旧日的光荣，

那么赶快跟我到雷文斯泊去吧；可是你们倘然缺少

这样的勇气，那么还是留下来，保守着这一个秘密，

让我一个人前去。

洛　　上马！上马！叫那些胆小怕事的人去反复考虑吧。

惠　　把我的马牵出来，我要第一个人到那边。（同下）

第二场　同前；宫中一室

【王后，布希，及巴谷脱上。

布　　娘娘，您伤心得太过度了。您跟王上分别的时候，您不是答应他说您一定快快乐乐的，不让沉重的忧郁摧残您的生命吗？

后　　为了叫王上高兴，我才说这样的话；可是我实在没有法子叫我自己高兴起来。我不知道为什么我要欢迎像悲哀这样一位客人，除了因为我已经跟我的亲爱的理查告别；可是我仿佛觉得有一种尚未产生的不幸，已经在命运的母胎里成熟，正在向我行近，我的内在的灵魂因为一种并不存在的幻影而颤栗；不仅是为了跟我的君王离别，才勾起了我心底的悲哀。

布　　每一个悲哀的本体都有二十个影子，它们的形状都和悲哀本身一样，但它们并没有实际的存在；因为镀着一层泪液的愁人之眼，往往会把一件整个的东西化成无数的形象。就像凹凸镜一般，从正面望去，只见一片模糊，从侧面瞧看，却可以辨别形状；娘娘因为把这次和王上分别的事情想到岔儿上去了，所以才会发现超乎离别以上的悲哀，其实从正面瞧看，它还不是一些并不存在的幻影。所以，大贤大德的娘娘，不要因为离别以外的事情而悲哀；未来是不可知的，即使被您看到了，那也只是悲哀的眼中的虚伪的影子，它往往把想像误为真实而浪掷它的眼泪。

后　也许是这样，可是我的内在的灵魂使我相信它并不是这么一回事。无论如何，我不能不悲哀；我的悲哀是如此沉重，即使在一无所思的时候，空虚的重压也会使我透不过气来。

布　那不过是一种意念罢了，娘娘。

后　它是一种意念；意念往往会从某种悲哀中产生；我的却不是这样，因为我的悲哀是凭空而来的，谁也不知道它的性质，我也不能给它一个名字；它是一种无名的悲哀。

【格林上。

格　　上帝保佑陛下！两位朋友，你们都好。我希望王上
　　　还没有上船到爱尔兰去。

后　　你为什么这样希望？我们应该希望他快一点去，因
　　　为他这次远征的计划，必须行动迅速，才有胜利的
　　　希望；那么你为什么希望他还没有上船呢？

格　　因为他是我们的希望，我们希望他撤回他的军队，
　　　打击一个敌人的希望，那敌人已经凭借强大的实力，
　　　踏上我们的国土；被放逐的波林勃洛克已经自动回
　　　国，带着大队人马，安然到达雷文斯泊了。

后　　上帝不允许这样的事！

格　　啊！娘娘，这事情太真实了。更坏的是诺登勃兰伯
　　　爵和他的儿子，少年的亨利·泼息，还有洛斯，博
　　　蒙特，惠罗比这一批勋爵们，带着他们势力强大的
　　　朋友，全都投奔到他的麾下去了。

后　　你们为什么不宣布诺登勃兰和那些逆党们的叛国的
　　　罪名？

格　　我们已经这样宣布了；华斯脱伯爵听见这消息，就
　　　折断他的指挥杖，辞去内府总管的职位，所有内廷
　　　的仆役都跟着他一起投奔波林勃洛克去了。

后 格林，你是我的悲哀的助产妇，波林勃洛克却是我
的忧郁的可怕的后嗣，现在我的灵魂已经产生了她
的变态的胎儿，我，一个临盆不久的喘息的产妇，
已经把悲哀和悲哀联结，忧愁和忧愁揉合了。

布 不要绝望，娘娘。

后 谁阻止得了我？我要绝望，我要和欺人的希望为敌；
他是一个佞人，一个食客；当死神将要温柔地替人
解除生命的羁缚的时候，虚伪的希望却拉住他的手，
使人在困苦之中苟延残喘。

【约克上。

格 约克公爵来了。

后 他的年老的颈上围着战争的符号；啊！他一脸孔都是
心事！叔父，为了上帝的缘故，说几句叫人听了安
心的话吧。

约 要是我说那样的话，那就是言不由衷。安慰是在天
上，我们都是地上的人，除了忧愁，困苦，和悲哀
以外，这世间再没有其他的事物存在。你的丈夫到

远处去保全他的疆土，别人却走进他的家里来打劫他的财产，留下我这年迈衰弱，连自己都照顾不了的老头儿替他支持门户。像一个过度醉饱的人，现在是他感到胸腹作噁的时候；现在他可以试试那些向他献媚的朋友们是不是真心对待他了。

【一仆人上。

仆　爵爷，我还没有到家，公子已经去了。

约　他去了？嗳哟，好！大家各奔前程吧！贵族们都出亡了，平民们都抱着冷淡的态度，我怕他们会帮着喜尔福特作乱。喂，你到普拉希去替我问候我的嫂子葛罗斯脱夫人，请她立刻给我送来一千镑钱。这指环你拿去作为凭证。

仆　爵爷，我忘记告诉您，今天我经过那边的时候，曾经进去探望过；可是说下去一定会叫您听了伤心。

约　什么事，小子？

仆　在我进去的一小时以前，这位公爵夫人已经死了。

约　慈悲的上帝！怎样一阵悲哀的狂潮，接连不断地向这不幸的国土冲来！我不知道应该做些什么事；也许上帝鉴谅我的忠心，使我在这危邦苟延性命，可是我倒希望他早早就让国王把我的头跟我的哥哥的头同时砍去。什么！没有急使派到爱尔兰去吗？我们应该怎样处置这些战费？来，嫂子，——恕我，我应该说侄妇。去，家伙，你到家里去，准备几辆车子，把那边所有的甲胄一起装来。（仆下）列位朋友，你们愿不愿意去征集一些士兵？我实在不知道怎样料理这些像一堆乱麻一般丢在我手里的事务。两方面都是我的亲族：一个是我的君王，按照我的盟誓和我的天职，我都应该尽力保卫他；那一个也是我的同宗的侄儿，他被国王所亏待，按照我的天良和我的亲亲之谊，我也应该替他主持公道。好，我们总要想个办法。来，侄妇，我要先把你安顿好了。列位朋友，你们去把兵士征集起来，立刻到勃克雷堡跟我相会。我应该再到普拉希去一趟，可是时间不会允许我。一切全是一团糟，什么事情都弄得七颠八倒。（约及后下）

布　派到爱尔兰去探听消息的使者，一路上有顺风照顾他们，可是谁也不见回来。叫我们征募一支可以和敌人抗衡的军队是全然不可能的事。

格　而且我们对王上的关系这样密切，格外容易引起那些对王上不满的人的仇视。

巴　那就是这班反复成性的平民群众；他们的爱是在他们的钱袋里的，谁倒空了他们的钱袋，等于把恶毒的仇恨注满在他们的膛子里。

布　所以国王才受到一般人的指斥。

巴　要是他们有判罪的权力，那么我们也免不了同样的罪名，因为我们一向和王上十分亲密。

格　好，我要立刻到勃力斯多堡去躲避躲避；惠脱奢伯爵已经先在那边了。

布　我也跟你同去吧；因为怀恨的民众除了把我们当做恶狗一般剁成块块以外，是不会给我们什么好处的。你也愿意跟我们同去吗？

巴　不，我要到爱尔兰见王上去。再会吧；要是心灵的预觉并非虚妄，那么我们三人在这儿分手了，恐怕重见无期。

布　正像约克决不会打退波林勃洛克一样。

格　唉，可怜的公爵！他所担负的工作，简直是数沙饮海；一个人在他旁边作战，就有一千个人转身逃走。再会吧，我们从此永别了。

布　呃，也许我们还有相见的一天。

巴　我怕是不会的了。（各下）

第三场　葛罗斯脱郡的原野

【波林勃洛克及诺登勃兰率军队上。

波　　伯爵，到勃克雷现在还有多少路？

诺　　不瞒您说，殿下，我在这儿葛罗斯脱郡全然是一个
　　　陌生人；这些高峻的荒山和崎岖不平的道路，使我
　　　们的途程显得格外悠长而累人；幸亏一路上饱聆着
　　　您的清言妙语，使我津津有味，乐而忘疲。我想到
　　　洛斯和惠罗比两人从雷文斯泊到考资华特去，缺少
　　　了像您殿下这样一位同行的佳伴，他们的路途该是
　　　多么令人厌倦；但是他们可以用这样的希望安慰自
　　　己，他们不久就可以享受到我现在所享受的幸福；
　　　希望中的快乐是不下于实际享受的快乐的，凭着这
　　　样的希望，这两位辛苦的贵人可以忘记他们道路的
　　　迢遥，正像我因为追随您的左右而不知劳倦一样。

波　　你太会讲话，未免把我的价值过分抬高了。可是谁
　　　来啦？

【亨利·泼息上。

诺　　那是我的小儿哈利·泼息，我的兄弟华斯脱叫他来的，虽然我不知道他现在在什么地方。哈利，你的叔父好吗？

亨　　父亲，我正要向您问讯他的安好呢。

诺　　怎么，他不在王后那边吗？

亨　　不，父亲，他已经离开宫庭，折断他的指挥杖，把王室的仆人都遣散了。

诺　　他为什么这样做呢？我最近一次跟他谈话的时候，他并没有这样的决心。

亨　　他是因为听见他们宣布您是叛徒，所以才气愤离职的。可是，父亲，他已经到雷文斯泊，向喜尔福特公爵投诚去了；他叫我从勃克雷一路来此，探听约克公爵在那边征集了多少军力，然后再到雷文斯泊去。

诺　　孩子，你忘记喜尔福特公爵了吗？

亨　　不，父亲；我的记忆中要是不曾有过他的印象，那就说不上忘记；我生平还没有见过他一面。

诺　　那么现在你可以认识认识他：这位就是公爵。

亨　　殿下，我向您掬献我的忠诚；现在我还只是一个少不

更事的孩子，可是岁月的磨练将会使我对您尽更大
的劳力。

波　　谢谢你，善良的泼息。相信我吧，我所唯一引为自
　　　傲的事，就是我有一颗不忘友好的灵魂；要是我借
　　　着你们善意的协助而安享富贵，我决不会辜负你们
　　　的盛情。我的心订下这样的盟约，我的手向你们作
　　　郑重的保证。

诺　　这儿到勃克雷还有多远？什么事使善良的老约克带
　　　领他的战士在那边留驻不发？

亨　　那边有一簇树木的所在就是城堡，照我所探听到的，
　　　堡中一共有三百军士；约克，勃克雷，和西摩这几
　　　位勋爵都在里边，此外就没有什么有名望的人了。

　　　【洛斯及惠罗比上。

诺　　这儿来的是洛斯勋爵和惠罗比勋爵，他们因为急着
　　　赶路，马不停鞭，涨得满脸通红，连血筋都爆起来了。

波　　欢迎，两位勋爵。我知道你们一片忠爱之心，追逐
　　　着一个亡命的叛徒。我现在所有的财富，不过是空

言的感谢；等我囊橐充实以后，你们的好意和劳力
将会得到它们的酬报。

洛 能够看见殿下的尊颜，已经是我们莫大的幸运了。

惠 得亲謦欬，足以抵偿我们的劳苦而有余。

波 感谢是穷人唯一的资本，可是等我幼稚的命运成熟
以后，我的感谢将会变成慷慨的赐赠。可是谁来啦？

【勃克雷上。

诺 我想这是勃克雷勋爵。

勃 喜尔福特公爵，我是奉命来见您说话的。

波 大人，我的答复是，你应该找兰开斯脱公爵说话。
我来的目的，就是要向英国要求这一个名号；我必
须从你嘴里听到这样的称呼，才可以回答你的问话。

勃 不要误会，殿下，我并没有擅自取销您的尊号的意
思。随便您是什么公爵都好，我是奉着这国土内最
仁慈的摄政约克公爵之命，来问您究竟为了什么原
因，乘着这国中无主的时候，您要用我们本国制造
的刀枪惊扰我们国内的和平？

【约克率侍从上。

波　　我不必跟你转达我的言语了；他老人家亲自来了。我
　　　的尊贵的叔父！（跪）

约　　让我看看你的谦卑的心；不必向我屈膝，那是欺人
　　　而虚伪的敬礼。

波　　我的仁慈的叔父——

约　　咄！咄！不要向我说什么仁慈，更不要叫我什么叔
　　　父；我不是叛徒的叔父；"仁慈"两字也不应该出之
　　　于一个残暴者的嘴里。为什么你敢让你这双被放逐
　　　摈斥的脚践踏英格兰的泥土？为什么你敢长驱直
　　　入，蹂躏她的和平的胸膛，用战争和可憎恶的武器
　　　的炫耀惊恐她的胆怯的乡村？你是因为受上天敕封
　　　的君王不在国中，所以想来窥伺神器吗？哼，傻孩
　　　子！王上并没有离开他的国土，他的权力都已经交
　　　托给了我。当年你的父亲，勇敢的刚脱跟我两人曾
　　　经从千万法军的重围之中，把那人间的少年战神黑
　　　太子①打救出来；可惜现在我的手臂已经瘫痪无力，

————————————

　　①黑太子（The Black Prince，一三三〇—一三七六年），英王爱德华
三世之子，以其甲胄为黑色，故名。——译者注

再也提不起少年时的勇气，否则它将要多么迅速地惩罚你的过失！

波　　我的仁慈的叔父，让我知道我的过失；什么是我的罪名，在那一点上我犯了错误？

约　　你犯的是乱国和谋叛的极恶重罪，你是一个放逐的流徒，却敢在年限未满以前，举兵回国，反抗你的君上。

波　　当我被放逐的时候，我是以喜尔福特的名义被放逐的；现在我回来，却是要求兰开斯脱的爵号。尊贵的叔父，请您用公正的眼光看看我所受的屈辱吧；您是我的父亲，因为我仿佛看见年老的刚脱活现在您的身上；啊！那么，我的父亲，您忍心让我做一个漂泊的流浪者，我的权利和财产被人用暴力劫夺，拿去给那些幸臣亲贵们挥霍吗？为什么我要生到这世上来？要是我那位王兄是英格兰的国王，我当然也是名正言顺的兰开斯脱公爵。您有一个儿子，我的奥墨尔贤弟；要是您先死了，他被人这样凌辱，他一定会从他的伯父刚脱身上找到一个父亲，替他伸雪不平。虽然我有产权证明书，他们却不准我声

请执管我父亲的遗产；他生前所有的一切，都已被
他们没收的没收，变卖的变卖，全部充作不正当的
用途了。您说我应该怎么办？我是一个国家的臣子，
要求法律的救援；可是没有一个辩护士替我仗义执
言，所以我不得不亲自提出我的世袭继承权的要求。

诺　　这位尊贵的公爵的确是被欺太过了。

洛　　殿下应该替他主持公道。

惠　　卑贱的小人因为窃据他的财产，已经身价十倍。

约　　各位英国的贵爵们，让我告诉你们这一句话：对于
我这位侄儿所受的屈辱，我也是很抱同情的，我曾
经尽我所有的能力保障他的权利；可是像这样声势
汹汹地兴师动众而来，用暴力打开自己的路，凭着
这样的手段剖明曲直，这种行为是万万不能容许的；
你们帮助他作这种举动的人，也都是助逆的乱臣，
国家的叛徒。

诺　　这位尊贵的公爵已经宣誓他这次回国的目的，不过
是要求他所原有的应得的权利；为了帮助他达到这
个目的，我们都已经郑重宣誓给他充分的援力；谁
要是毁弃了那一个誓言，愿他永远不见快乐！

约　好，好，我知道这一场干戈将会发生怎样的结果。我承认我已经无力挽回大局，因为我的军力是疲弱不振的；可是凭着那给我生命的造物主发誓，要是我有能力的话，我一定要把你们一起抓住，使你们在王上的御座之前匍匐乞命；可是我既然没有这样的力量，我只能向你们宣布，继续站在中立者的地位。再会吧；要是你们愿意的话，我很欢迎你们到我们堡里来安度一宵。

波　叔父，我们很愿意接受您的邀请；可是我们必须先劝您陪我们到勃力斯多堡去一次；据说那一处城堡现在为布希，巴谷脱，和他们的党徒所占领，这些都是祸国殃民的蠹虫，我已经宣誓要把他们歼灭。

约　也许我愿意陪你们同去；可是我不能不踟蹰，因为我不愿破坏我们国家的法律。既不是友人，也不是敌人，我用中立的身分欢迎你们；无可挽救的事，我只好置之度外了。（同下）

第四场 威尔斯；营地

【萨力斯拜雷及一队长上。

队长　　萨力斯拜雷大人，我们已经等了十天之久，好容易
　　　　把弟兄们笼络住了，没有让他们一哄而散；可是直
　　　　到现在，还没有听见王上的消息，所以我们只好把
　　　　队伍解散了。再会。

萨　　　再等一天吧，忠实的威尔斯人；王上把他全部的信
　　　　任寄托在你的身上哩。

队长　　人家都以为国王死了；我们不愿意再等下去。我们
　　　　国里的月桂树已经一起枯萎；流星震撼着天空的星
　　　　座；脸色苍白的月亮用一片血光照射大地；形容瘦
　　　　瘠的预言家们交头接耳地传语着惊人的变化；富人
　　　　们愁眉苦脸，害怕失去他们所享有的一切；无赖们
　　　　鼓舞雀跃，因为他们可以享受到战争和劫掠的利益：
　　　　这种种都是国王们死亡没落的预兆。再会吧，我们
　　　　那些弟兄们因为相信他们的理查王已经不在人世，
　　　　早已纷纷走散了。（下）

萨

啊，理查！凭着我的沉重的心灵之眼，我看见你的光荣像一颗流星，从天空中降落到卑贱的地上。你的太阳流着泪向西方沉没，望见未来的风暴，不幸，和扰乱。你的朋友都投奔你的敌人去了，命运完全站在和你反对的地位。（下）

第三幕

有些是被人废立的，有些是在战场上阵亡的，有些是被他们所废黜的鬼魂们魔祟的，全都不得善终。

第一场　勃力斯多；波林勃洛克营地

【波林勃洛克，约克，诺登勃兰，亨利·泼息，惠罗比，
洛斯同上；军官等押被俘之布希，格林随上。

波　把这两人带上来。布希，格林，你们的灵魂不久就
要和你们的身体分别了，我不愿过分揭露你们生平
的罪恶，使你们的灵魂痛苦，因为这是不人道的；
可是为了从我的手上洗去你们的血，证明我没有冤
杀无辜起见，我要在这儿当众宣布把你们处死的几
个理由。你们把一个堂堂正统的君王导入歧途，使
他陷于不幸的境地，在众人心目中全然失去了君主
的尊严；你们引诱他昼夜嬉游，流连忘返，隔绝了
他的王后和他两人之间的恩爱，使一个美貌的王后
孤眠独宿，因为你们的罪恶而终日以泪洗面。我自
己是国王近支的天潢贵胄，都是因为你们的离间中
伤，挑拨是非，才使我失去他的眷宠，忍受着难堪
的屈辱，在异邦的天空之下吐出我的英国人的叹息，
咀嚼那流亡生活的苦味；你们一方面却侵占我的领

地，毁坏我的苑囿，砍伐我的树林，从我自己的窗户上扯下我的家族的纹章，销灭了一切我所留下的痕迹，使我除了众人的公论和我的生存的血液以外，再也没有证据可以向世间表明我是一个贵族。这一切还有其他不止两倍于此的许多罪状，判定了你们的死刑。来，把他们带下去立刻处决。

布　我欢迎死亡的降临，甚于英国欢迎波林勃洛克。列位大人，再会了。

格　我所引为自慰的是上天将会接纳我们的灵魂，用地狱的酷刑谴责那些屈害忠良的罪人。

波　诺登勃兰伯爵，你去监视他们的处决。（诺及余人等押布、格同下）叔父，您说王后现在暂住在您的家里；为了上帝的缘故，让她得到优厚的待遇；告诉她我问候她的安好，千万不要忘了为我向她致意。

约　我已经差一个人去送信给她，告诉她您的好意了。

波　谢谢，好叔父。来，各位勋爵，我们现在要去向格伦道威和他的党徒作战；暂时辛苦你们一下，过后就可以坐享安乐了。（同下）

第二场　威尔斯海岸；一城堡在望

【喇叭吹花腔；鼓角齐鸣。理查王，卡莱尔主教，奥墨尔，及军士等上。

理　　前面这一座城堡，就是他们所称为巴克洛利堡的吗？

奥　　正是，陛下。陛下经过这一次海上的风波，觉得这儿的空气怎样？

理　　我不能不欢喜它；我因为再度站在我的国土之上，快乐得流下泪来了。亲爱的大地，虽然叛徒们用他们的铁骑蹂躏你，我要向你举手致敬；像一个和她的儿子久别重逢的母亲，疼爱的眼泪里夹着微笑，我也是含着泪含着笑和你相会，我的大地，并且用我至尊的手抚爱着你。不要供养你的君王的敌人，我的温柔的大地，不要用你甘美的蔬果滋润他的饕餮的肠胃；可是让那吮吸你的毒液的蜘蛛和臃肿不灵的虾蟆挡住他的去路，螫刺那用僭逆的步伐践踏你的奸人的脚。为我的敌人们多生一些刺人的荆棘；当他们从你的胸前采下一朵鲜花的时候，请你让一条蜷伏的毒蛇守卫它，那毒蛇的双叉的舌头也许可以用致命的一触把你君王的敌人杀死。不要讥笑我的无意义的咒诅，各位贤卿；这大地将会激起它的义愤，这些石块都要成为武装的兵士，保卫它们祖国的君王，使他不至于屈服在万恶的叛徒的武力之下。

卡 不用担心，陛下；那使您成为国王的神明的力量，将会替您扫除一切障碍，维持您的王位。我们必须勇于接受上天所给与我们的机会，否则就是违弃了顺天行道，拯良除暴的使命。

奥 陛下，他的意思是说，我们太疏忽懈怠了；波林勃洛克乘着我们的不备，他的势力一天一天强大起来，响应他的人一天一天多起来了。

理 贤弟，你好多虑！你不知道当那炯察一切的天眼隐藏在地球的背后，照耀着下方世界的时候，盗贼们是会在黑暗中到处横行，干他们杀人流血的恶事的；可是当太阳从地球的下面升起，把东山的松顶烧成一片通红，它的光辉探照到每一处罪恶的巢窟的时候，暗杀，叛逆，和种种可憎的罪恶，因为失去了黑夜的遮蔽，就会在光天化日之下无所遁形，向着自己的影子战栗吗？现在我正在地球的另一端漫游，放任这窃贼，这叛徒，波林勃洛克，在黑夜之中肆意猖狂，可是他不久将要看见我从东方的宝座上升起，他的奸谋因为经不起日光的逼射，就会羞形于色，因为他自己的罪恶而战栗了。汹涌的怒海中所有的水，都洗不去涂在一个受命于天的君王顶上的圣油；世人的呼吸决不能吹倒天主所简选的代表。每一个在波林勃洛克的威压之下，向我的黄金的宝冠举起利刃来的兵士，上帝为了他的理查的缘故，会派遣一个光荣的天使把他击退；当天使们参加作战的时候，弱小的凡人必归于失败，因为上天是永远保卫正义的。

【萨力斯拜雷上。

理　　欢迎，伯爵；你的军队驻在什么地方？

萨　　说近不近，说远不远，陛下，除了我这一双无力的空手以外，我已经没有一兵一卒了；烦恼控制着我的唇舌，使我只能说一些绝望的话。仅仅迟了一天的时间，陛下，我怕已经使你终身的幸福蒙上一层阴影了。啊！要是时间能够倒流，我们能够把昨天召唤回来，你就可以有一万二千个战士；今天，今天，太迟了的不幸的日子，却把你的欢乐，你的朋友，你的命运，和你的尊荣一起摧毁了；因为所有的威尔斯人听说你已经死去，有的投奔波林勃洛克，有的四散逃走，去得一个不剩了。

奥　　宽心点儿，陛下！您的脸色为什么这样惨白？

理　　就在刚才，还有二万个战士的血充溢在我的脸上，现在它们都已经离我而去了；我失去了这么多的血，我的脸怎么不会惨白如死？爱惜生命的人一个个离开了我，因为时间已经在我的傲气之上留下一个不可洗刷的污点。

奥　　宽心，陛下！记着您是什么人。

理　　我已经忘记我自己了。我不是国王吗？醒来，你这懒惰的国王！不要再贪睡了。国王的名字不是可以抵得上二万个名字吗？武装起来，我的名字！一个微贱的小臣在打击你的伟大的光荣了。不要垂头丧气，你们这些被国王眷宠的人们；我们不是高出别

人之上吗？让我们把志气振作起来。我知道我的叔
父约克还有相当的军力，可以帮我们打退敌人。可
是谁来啦？

【史蒂芬·史格鲁泼爵士上。

史　愿健康和幸福降于陛下，忧虑锁住我的舌头，使我
　　说不出其他颂祷的话来。

理　我的耳朵张得大大的，我的心也已经准备着一切；你
　　所能向我宣布的最不幸的灾祸，不过是人世间的损
　　失。说，我的王国灭亡了吗？它本来是我的烦恼的
　　根源；从此解除烦恼，那又算得什么损失？波林勃
　　洛克想要和我争雄夺霸吗？他不会强过我；要是他
　　敬奉上帝，我也敬奉上帝，在上帝之前，我们的地
　　位是同等的。我的臣民叛变吗？那是我所无能为力
　　的事；他们不仅背叛了我，也同样背叛了上帝。高
　　喊着灾祸，破坏，毁灭，丧亡，和没落吧；死是最
　　不幸的结局，它必须得到它的胜利。

史　我很高兴陛下能够用这样坚毅的精神，忍受这些灾

祸的消息。像一阵违反天时的暴风雨，使浩浩的河水淹没了它们的堤岸，仿佛整个世界都融化为眼泪一般，波林勃洛克的盛大的声威已经超越它的限度，您的恐怖的国土已经为他的坚硬而明亮的刀剑和他那比刀剑更坚硬的军心所吞掩了。白须的老翁在他们枯瘦而秃发的头上顶起了战盔反对你；喉音娇嫩的儿童拼命讲着夸大的话，在他们柔弱的身体上披起了坚硬而笨重的战甲反对你；即使受你恩施的贫民，也学会了弯起他们的杉弓反对你；甚至于纺线的妇女们也挥舞着锈腐的戈矛反对你；年青的年老的一起叛变，一切比我所能说出来的情形更要坏上许多。

理　你把一段恶劣的故事讲得太好，太好了。惠脱奢伯爵呢？巴谷脱呢？布希怎么样啦？格林到那儿去了？为什么他们竟会让危险的敌人兵不血刃地踏进我们的国界？要是我得胜了，看他们保得住保不住他们的头颅。我敢说他们一定跟波林勃洛克讲和啦。

史　他们是跟他讲了和啦，陛下。

理　啊，奸贼，恶人，万劫不赦的东西！向任何人都会摇尾乞怜的狗！借着我的心头的血取暖，反而把我的心刺了一口的毒蛇！三个犹大，每一个都比犹大更恶三倍！他们会讲和吗？为了这一件过失，愿可怕的地狱向他们有罪的灵魂宣战！

史 亲密的情爱一旦受到激动，是会变成最深切的怨恨的。撤销您对他们的灵魂所作的咒诅吧；他们是用头，不是用手讲和的；您所咒诅的这几个人，都已经领略到死亡的最大的惨痛，在地下瞑目长眠了。

奥 布希，格林，和惠脱奢伯爵都死了吗？

史 是的，他们都在勃力斯多失去了他们的头颅。

奥 我的父亲约克公爵和他的军队呢？

理 不必问他在什么地方。谁也不准讲那些安慰的话儿，让我们谈谈坟墓、蛆虫，和墓碑吧；让我们以泥土为纸，用我们淋雨的眼睛在大地的胸膛上写下我们的悲哀；让我们找几个遗产管理人，商议我们的遗嘱，——可是这也不必，因为我们除了把一具尸骸还给大地以外，还有什么可以遗留给后人的呢？我们的土地，我们的生命，一切都是波林勃洛克的，只有死亡和掩埋我们骨骼的一抔黄土，才可以称为属于我们自己所有。为了上帝的缘故，让我们坐在地上，讲些关于国王们的死亡的悲惨的故事；有些是被人废立的，有些是在战场上阵亡的，有些是被他们所废黜的鬼魂们魔祟的，有些是被他们的妻子所毒毙的，有些是在睡梦中被杀的，全都不得善终；因为在那围绕着一个凡世的国王头上的这顶空洞的王冠之内，正就是死神驻节的宫庭，这妖魔高坐在里边，揶揄他的尊严，姗笑他的荣华，给他一段短短的呼吸的时间，让他在舞台上露一露脸，使他君临万民，受尽众人的敬畏，一眨眼就可以致人于死命，把妄自尊大的思想灌注他的心头，仿佛这包藏着我们生命的血肉的皮囊，是一堵不可摧毁的铜墙铁壁一样；当他这样志得意满的时候，却不知道他的末日已经临近眼前，一枚小小的针就可以刺破他的壁垒，于是再会吧，国王！戴上你们的帽子；不要把严肃的敬礼施在一个凡人的身上；丢开传统的礼貌，仪式的虚文，因为你们这一向来都把我认错了；像你们一样，我也靠着面包生活，我也有欲望，我也尝味着悲哀，我也需要朋友；既然如此，你们怎么能对我说我是一个国王呢？

卡　　陛下，聪明人决不袖手闲坐，嗟叹他们的不幸；他们总是立刻起来，防御当前的祸患。畏惧敌人徒然沮丧了自己的勇气，也就是削弱自己的力量，增加敌人的声势，等于使自己的愚蠢攻击自己。畏惧并不能免于一死，战争的结果大不了也不过一死。奋战而死，是以死亡摧毁死亡；畏怯而死，却做了死亡的奴隶。

奥　　我的父亲还有一支军队；探听探听他的下落，也许我们还可以收拾残部，重振旗鼓。

理　　你责备我得很对。骄傲的波林勃洛克，我要来和你亲自交锋，一决我们的生死存亡。这一阵像疟疾发作一般的恐惧已经消失了；争回我们自己的权利，这并不是一件艰难的工作。说，史格鲁泼，我的叔父和他的军队驻扎在什么地方？说得好听一些，汉子，虽然你的脸色这样阴沉。

史　　人们看着天色，就可以判断当日的气候；您也可以从我的黯淡而沉郁的眼光之中，知道我只能告诉您一些不幸的消息。我正像一个用苛刑拷掠的酷吏，尽用支吾延宕的手段，把最恶的消息留在最后说出。您的叔父约克已经和波林勃洛克联合了，您的北部的城堡已经全部投降，您的南方的战士也已经全体归附他的麾下。

理 你已经说得够了。（向奥）兄弟，我本来已经万虑皆空，你却又把我领到了绝望的路上！你现在怎么说？我们现在还有些什么安慰？苍天在上，谁要是再劝我安心宽慰，我要永远恨他。到弗林脱堡去；我要在那边忧思而死。我，一个国王，将要成为悲哀的奴隶；悲哀是我的君王，我必须服从他的号令。我手下所有的军士，让他们一起解散了吧；让他们回去耕种他们自己的田亩，那也许还有几分收获的希望，因为跟着我是再也没有什么希望的了。谁也不准说一句反对的话，一切劝告都是徒然的。

奥 陛下，听我说一句话。

理 谁要是用谄媚的话刺伤我的心，那就是给我双重的损害。解散我的随从人众；让他们赶快离开这儿，从理查的黑夜踏进了波林勃洛克的光明的白昼。

（同下）

第三场 威尔斯；弗林脱堡前

【旗鼓前导，波林勃洛克率军队上；约克，诺登勃兰
及余人等随上。

波　　从这一个情报中，我们知道威尔斯军队已经解散，
　　　萨力斯拜雷和国王相会去了；据说国王带了少数的
　　　心腹，最近已经在这儿的海岸登陆。

诺　　这是一个大好的消息，殿下；理查一定躲在离此不
　　　远的地方。

约　　诺登勃兰伯爵似乎应该说"理查王"才是；唉，想
　　　不到一位神圣的国王必须把他自己躲藏起来！

诺　　您误会我的意思了；只是因为说起来简便一些，我
　　　才略去了他的尊号。

约　　要是在以往的时候，你敢对他这样简略无礼，他准
　　　会简单干脆地把你的头取了下来的。

波　　叔父，您不要过分猜疑。

约　　贤侄，你也不要作过分的攫取，否则也许你将要以
　　　为苍天就在我们的顶上。

波　　我知道,叔父;我决不违抗上天的意志。可是谁来啦?

【亨利·波息上。

波　　欢迎,哈利! 怎么,这一座城堡不愿投降吗?

亨　　殿下,一个最尊贵的人守卫着这座城堡,拒绝您的
　　　进入。

波　　最尊贵的! 啊,国王不在里边吗?

亨　　殿下,正是有一个国王在里边;理查王就在那边灰
　　　石的围墙之内,跟他在一起的是奥墨尔公爵,萨力
　　　斯拜雷伯爵,史蒂芬·史格鲁泼爵士,此外还有一
　　　个道貌岸然的教士,我不知道他是什么人。

诺　　啊! 那多分是卡莱尔主教。

波　　(向诺)贵爵,请你到那座古堡的顽强的墙壁之前,
　　　用铜角把谈判的信号吹进它的残废的耳中,为我这
　　　样传言:亨利·波林勃洛克屈下他的双膝,敬吻理
　　　查王的御手,向他最尊贵的本人致献臣服的诚意和
　　　不贰的忠心;就在他的足前,我准备放下我的武器,
　　　遣散我的军队,只要他能答应撤销我的放逐的判决,

归还我的应得的土地。不然的话，我要利用我的军力的优势，让那从被屠杀的英国人的伤口中流下的血雨浇溉夏天的泥土；可是我的谦卑的忠顺将会证明用这种腥红的雨点浸染理查王的美好的青绿的田野，决不是波林勃洛克的本意。去，这样对他说；我们就在这儿平坦的草原上整队前进。让我们进军的时候不要敲起惊人的鼓声，这样可以让他们从那城堡的摇摇欲倾的雉堞之上，仔细考虑我们合理的条件。我想理查王跟我会见的时候，将要像水火的交攻一样骇人，那彼此接触时的雷鸣似的巨响，可以把天空震破。让他做火，我愿意做柔顺的水；雷霆之威是属于他的，我只向地上浇洒我的雨露。前进！注意理查王的脸色。

【吹谈判信号，内吹喇叭相应。喇叭奏花腔。理查王，卡莱尔主教，奥墨尔，史格鲁泼，及萨力斯拜雷登城。

亨 瞧，瞧，理查王亲自出来了，正像那赪颜而含愠的太阳，因为看见嫉妒的浮云要来侵蚀他的荣耀，污

毁他那到西天去的光明的道路,所以从东方的火门
里探出脸来一般。

约　　　可是他的神气多么像一个国王!瞧,他的眼睛,像
鹰眼一般明亮,射放出慑人的威光。唉,唉!这样
庄严的仪表是不应该被任何的损害所污毁的。

理　　　(向诺)你的无礼使我惊愕;我已经站了这一会儿
工夫,等候你惶恐地屈下你的膝来,因为我想我是
你的合法的君王;假如我是你的君王,你怎么敢当
着我的脸前,忘记你的君臣大礼?假如我不是你的
君王,请给我看那解除我的君职的上帝的敕令;因
为我知道,除了用偷窃和篡夺的手段以外,没有一
只凡人的血肉之手可以攫夺我的神圣的御杖。虽然
你们以为全国的人心正像你们一样,都已经离弃了
我,我现在众叛亲离,孤立无助;可是告诉你吧,
我的君侯,万能的上帝正在他的云霄之中,为我召
集降散瘟疫的天军;你们这些向我举起卑劣的手,
威胁我的宝冕的庄严的叛徒们,可怕的天谴将要波
及在你们尚未诞生的儿孙的身上。告诉波林勃洛
克,——我想在那边的就是他,——他在我的国土

　　　　上践踏着的每一个步伐都是重大的叛逆的行为；他
　　　　要来展开一场腥红的血战，可是当那被他所追求的
　　　　王冠安然套上他的头顶以前，一万颗血污的头颅将
　　　　要毁损了英格兰的如花美颜，使她那处女一般苍白
　　　　的和平的脸容变成赤热的愤怒，把忠实的英国人的
　　　　血液浇洒她的牧场上的青草。

诺　　上帝决不容许任何暴力侵犯我们的君主！你的高贵
　　　　的兄弟哈利·波林勃洛克谦卑地吻你的手；凭着你
　　　　的伟大的祖父的光荣的陵墓，凭着你们两人系出同
　　　　源的王族的血统，凭着他的先人刚脱的勇武的英灵，
　　　　凭着他自己的身价和荣誉，他宣誓此来的目的，不
　　　　过是希望归还他的先人的遗产，并且向你长跪请求
　　　　立刻撤销他的放逐的处分；王上要是能够答应他这
　　　　两项条件，他愿意收起他的辉煌的武器，让它们生
　　　　起锈来，把他的战马放归厩舍，他的一片忠心，愿
　　　　意永远为陛下尽瘁效劳。这是他凭着一个王子的身
　　　　分所发的正直的誓言，我相信他绝对没有虚伪。

理　　诺登勃兰，你去说，国王的答复是这样的：他竭诚
　　　　欢迎他的高贵的兄弟回来；他的一切正当的要求，

都可以毫无异议地接受下来。请你运用你的美妙的口才，替我向他殷勤致意。（诺退下至波处）（向奥）贤弟，我这样卑颜甘语，不是太自贬身分了吗？你说我要不要叫诺登勃兰回来，对他宣告我向那叛贼挑战的意思，让我们拼着一战而死？

奥　　不，陛下，让我们暂时用温和的言语作战，等我们有了可以用实力帮助我们的朋友以后，再来洗雪今天的耻辱吧。

理　　上帝啊！上帝啊！想不到我的舌头向那骄傲的汉子宣布了严厉的放逐的判决，今天却要用柔和的字句撤销我的前言。啊！我希望我是一个像我的悲哀一样庞大的巨人，或者是一个比我的名号远为渺小的平民；但愿我能够忘记我的以往的尊严，或者茫然于我的目前的处境。

奥　　诺登勃兰从波林勃洛克那边回来了。

理　　国王现在应该怎么办？他必须屈服吗？国王必须屈服。他必须被人废立吗？国王必须逆来顺受。他必须失去国王的名义吗？凭着上帝的名义，让它去吧。我愿意把我的珍宝换一串祈祷的念珠，把我的豪华的宫殿换一所隐居的茅庵，把我的富丽的袍服换一件贫民的布衣，把我的雕刻的酒杯换一只粗劣的木盏，把我的王节换一根游方僧的手杖，把我的人民换一双圣徒的雕像，把我的广大的王国换一座小小的坟墓，一座小小的小小的坟墓，一座荒僻的坟墓；或者我愿意埋葬在国王的大道之中，商旅来往频繁的所在，让人民的脚每小时践踏在他们君王的头上，因为当我现在活着的时候，他们尚且在蹂躏着我的心，那么我一旦埋骨地下，为什么不可以践踏我的头呢？奥墨尔，你在流泪了，我的软心肠的兄弟！让我们用可憎的眼泪和叹息造成一场狂风暴雨，摧折那盛夏的谷物，使这叛变的国土之内到处饥荒。或者我们要不要玩弄我们的悲哀，把流泪作为我们的游戏？我们可以让我们的眼泪尽是流在同一的地面之上，直到它们替我们冲成了一对墓穴，上面再刻了这样的文字："这儿长眠着两个亲人，他们用泪眼掘成他们的坟墓。"这样不是很好吗？好，好，我知道我不过在说些无聊的废话，你们都在笑我了。最尊严的君侯，我的诺登勃兰大人，波林勃洛克王怎么说？他允许让理查活命，直到理查寿命告终的一天吗？你只要弯一弯腿，波林勃洛克就会点头答应的。

诺　陛下，他在阶下恭候着您，请您下来吧。

理　下来，下来，我来了；就像驾驭日轮的腓东，因为他的马儿不受羁勒，从云端翻身坠落一般。在阶下？阶下，那正是堕落了的国王奉着叛徒的呼召，颠倒向他致敬的所在。在阶下？下来？下来吧，国王！因为冲天的云雀的歌鸣，已经被夜枭的叫声所代替了。（自上方下）

波　王上怎么说？

诺　悲哀和忧伤使他言语痴迷，像一个疯子一般。可是他来了。

【理查王及侍从等上。

波　大家站开些，向王上敬礼。（跪）我的仁慈的陛下，——

理　贤弟，你这样未免有屈你的贵膝，使卑贱的泥土因为吻着它而自傲了；我宁愿我的心感到你的温情，我的眼睛却并不乐于看见你的敬礼。起来，兄弟，起来；虽然你低屈着你的膝，我知道你有一颗奋起的雄心。

波　　陛下，我不过是来要求我自己的权利。

理　　你自己的一切是属于你的，我也是属于你的，一切全都是属于你的。

波　　我的最尊严的陛下，但愿我的微诚能够辱邀眷注，一切都是出于陛下的恩赐。

理　　你尽可以受之无愧；谁要是知道用最有力而最适当的手段取得他所需要的事物，他就有充分享受它的权利。叔父，把你的手给我；不，揩干你的眼睛；眼泪虽然可以表示善意的同情，却不能挽回已成的事实。兄弟，我太年青了，不配做你的父亲，虽然按照年龄，你很有资格做我的后嗣。你要什么我都愿意心悦诚服地送给你，因为我们必须顺从环境压力的支配。现在我们要向伦敦进发，贤弟，是不是？

波　　正是，陛下。

理　　那么我就不能说一个不字。（喇叭奏花腔。同下）

第四场　兰格雷；约克公爵府中花园

【王后及二宫女上。

后　　　我们在这儿园子里面，应该想出些什么游戏来排遣
　　　　我们的忧思？

宫女甲　娘娘，我们来滚木球玩儿吧。

后　　　它会使我想起这是一个障碍重重的世界，我的命运
　　　　已经逸出了它的正轨。

宫女甲　娘娘，我们来跳舞吧。

后　　　我的可怜的心头充满了无限的哀愁，我的脚下再也
　　　　跳不出快乐的节奏；所以不要跳舞，姑娘，想些别
　　　　的顽意儿吧。

宫女甲　娘娘，那么我们来讲故事好不好？

后　　　悲哀的还是快乐的？

宫女甲　娘娘，悲哀的也要讲，快乐的也要讲。

后　　　悲哀的我也不要听，快乐的我也不要听；因为假如
　　　　是快乐的故事，我是一个全然没有快乐的人，它会

格外提起我的悲哀；假如是悲哀的故事，我的悲哀已经太多了，它会使我在悲哀之上再加悲哀。我所已有的，我无须反复絮说；我所缺少的，抱怨也没有用处。

宫女甲　　娘娘，让我唱支歌儿给您听听。

后　　　你要是有那样的兴致，那也好；可是我倒宁愿你向我哭泣。

宫女甲　　娘娘，要是哭泣可以给您安慰，我也会哭一下子的。

后　　　要是哭泣可以给我安慰，我也早就会唱起歌来，用不到告借你的眼泪了。可是且慢，园丁们来了；让我们走进这些树木的阴影里去。我可以打赌，他们一定会谈到国家大事；因为每次政局发生变化的时候，谁都会对国事发一些议论的。（后及宫女等退后）

【一园丁及二仆人上。

园丁　　去，你把那边挂下来的杏子扎起来，它们像顽劣的子女一般，使它们的老父因为不胜重负而控腰屈背；那些弯曲的树枝你要把它们支撑住了。你去做一个刽子手，斩下那些长得太快的小枝的头，它们在咱们的共和国里太显得高傲了，咱们国里一切都应该平等的。你们去做各人的事，我要去割下那些有害的莠草，它们本身没有一点用处，却会吸收土壤中的肥料，阻害鲜花的生长。

甲仆 我们何必在这小小的围墙之内，保持着法纪，秩序和有条不紊的布置，夸耀我们雏型的治绩；你看我们那座以大海为围墙的花园，我们整个的国土，不是莠草蔓生，她的最美的鲜花全都窒息而死，她的果树无人修剪，她的篱笆东倒西歪，她的佳卉异草，被虫儿蛀得枝叶凋残吗？

园丁 不要胡说。那容忍着这样一个无秩序的春天的人，自己已经遭到落叶飘零的命运；那些托庇于他的广布的枝叶之下，名为拥护他，实则在吮吸他的精液的莠草，全都被波林勃洛克连根拔起了；我的意思是说惠脱奢伯爵和布希，格林那些人们。

甲仆 什么！他们死了吗？

园丁 他们都死了；波林勃洛克已经捉住那个浪荡的国王。啊！可惜他不曾像我们治理这座花园一般治理他的国土！我们每年按着时季，总要略微割破我们果树的外皮，因为恐怕它们过于肥茂，反而结不出果子；要是他能够用同样的手段，对付那些威权浸盛的人们，他们就可以自知戒饬，他也可以尝味他们忠心的果实。对于多余的旁枝，我们总是毫不吝惜地把它们剪去，让那结果的干枝繁荣滋长；要是他也能够采取这样的办法，他就可以保全他的王冠，不致于在嬉戏游乐之中把它轻轻断送了。

甲仆　呀！那么你想国王将要被他们废立吗？

园丁　他现在已经被人压倒，说不定他们会把他废立的。约克公爵的一位好朋友昨晚得到那边来信，信里边说着的都是一些很坏的消息。

后　啊！我再不说话，快要闷死了。（上前）你这地上的亚当，你是来治理这座花园的，怎么敢掉弄你的粗鲁放肆的舌头，说出这些不愉快的消息？那一个夏娃，那一条蛇，引诱着你，想造成被咒诅的人类第二次的堕落？为什么你要说理查王被人废立？你这比无知的泥土略胜一筹的蠢物，你竟敢预言他的没落吗？说，你是在什么地方，什么时候，怎样听到这些恶劣的消息的？快说，你这贱奴。

园丁　　恕我，娘娘；说出这样的消息，对于我并不是一件快
乐的事，可是我所说的都是事实。理查王已经在波
林勃洛克的强力的挟持之下；他们两人的命运已经
称量过了：在您的主上这一方面，除了他自己本身
以外一无所有，只有他那一些随身的虚骄的习气，
使他显得格外轻浮；可是在伟大的波林勃洛克这一
方面，除了他自己以外，有的是全英国的贵族；这
样两相比较，就显得轻重悬殊，把理查王的声势压
下来了。您赶快到伦敦去，就可以自己看个明白；
我所说的不过是每一个人都知道的事实。

后　　　捷足的灾祸啊，为什么你偏偏不把你的消息向我传
告，直到最后才让我知道呢？啊！你以为最后告诉
了我，可以使我把悲哀长留胸臆吗？来，姑娘们，
我们到伦敦去，会一会伦敦的不幸的君王吧。唉！
难道我活了这一辈子，现在必须用我的悲哀的脸色，
欢迎伟大的波林勃洛克的凯旋吗？园丁，因为你告
诉我这些不幸的消息，但愿上帝使你种下的草木永
远不能生长。（后及宫女等下）

园丁　可怜的王后！要是你能够保持你的尊严的地位，我也甘心受你的咒诅，牺牲我的毕生的技能。这儿她落下过一颗眼泪；就在这地方，我要种下一列苦味的芸香；这象征着忧愁的芳草不久将要抽条布叶，纪念一位哭泣的王后。（同下）

第四幕

你可以解除我的荣誉和尊
严，却不能夺去我的悲哀；
我仍然是我的悲哀的君王。

第一场 伦敦；威斯明斯脱大厅

【中设御座，诸显贵教士列坐右侧，贵族列坐左侧，平民立于阶下。波林勃洛克，奥墨尔，奢累，诺登勃兰，亨利·泼息，费滋华脱，另一贵族，卡莱尔主教，威斯明斯脱长老，及侍从等上。警吏等押巴谷脱随上。

波　叫巴谷脱上来。巴谷脱，老实说吧，你知道尊贵的葛罗斯脱是怎么死的；谁在国王面前挑拨是非，造成那次惨案；谁是动手干这件流血的暴行，使他死于非命的正凶主犯？

巴　那么请把奥墨尔公爵叫到我的面前来。

波　贤弟，站出来，瞧瞧那个人。

巴　奥墨尔公爵，我知道您的勇敢的舌头决不会否认它过去所说的话。那次阴谋杀害葛罗斯脱的时候，我曾经听见您说，"我的手臂不是可以从这儿安静的英国宫庭里，一直伸到卡莱，取下我的叔父的首级来吗？"同时在其他许多谈话之中，我还听见您说，您宁愿拒绝十万克郎的厚赠，不让波林勃洛克回到

英国来；您还说，要是您这位族兄死了，对于国家
是一件多大的幸事。

奥　　各位贵爵，各位大人，我应该怎样答复这个卑鄙的
小人？我必须自贬身分，站在同等的地位上和他辩
驳吗？我必须这样做，否则我的荣誉就要被他的谗
口所污毁。这儿我掷下我的手套，它是一道催命的
令牌，注定把你送下地狱里去。我说你说的都是诳
话，我要用你心头的血证明你的言辞的虚伪，虽然
像你这样下贱之人，杀了你也会污了我的武士的宝剑。

波　　巴谷脱，住手！不准把它拾起来。

奥　　他激动了我满腔的怒气；除了一个人之外，我希望
他是这儿在场众人之中地位最高的人。

费　　要是你只肯向同等地位的人表现你的勇气，那么奥
墨尔，这儿我向你掷下我的手套。凭着那照亮你的嘴
脸的光明的太阳起誓，我曾经听见你大言不惭地说
过，尊贵的葛罗斯脱是死在你手里的。要是你二十次
否认这一句话，也免不了诳言欺人的罪名，我要用我
的剑锋把你的诳话送还到你那充满着奸诈的心头。

奥　　懦夫，你没有那样的胆量。

费　　凭着我的灵魂起誓，我希望现在就和你决一生死。

奥　　费滋华脱，你这样诬害忠良，你的灵魂要永堕地狱了。

亨　　奥墨尔，你说谎；他对你的指斥全然是他的忠心的
流露，不像你一身都是奸伪。这儿我掷下我的手套，
拼着我的最后一口气，我要证明你是怎样一个家伙；
你有胆量把它拾起来吧。

奥　　要是我不把它拾起来，愿我的双手一起烂掉，永远
不再向我的敌人的辉煌的战盔挥动复仇的血剑！

一贵族　　我也向地上掷下我的手套，背信的奥墨尔；为要
激恼你的缘故，我要从朝到晚，不断地向你奸诈的
耳边高呼着说谎。这儿是我的荣誉的信物；要是有
胆量的话，你就该接受我的挑战。

奥　　还有谁要向我挑战？凭着上天起誓，我要向一切人
掷下我的手套。在我的一身之内，藏着一千个勇敢
的灵魂，二万个像你们这种家伙我都对付得了。

奢　　费滋华脱大人，我记得很清楚那一次奥墨尔跟您的
谈话。

费　　不错不错，那时候您也在场；您可以证明我的话是真的。

奢　　苍天在上，你的话全然是假的。

费　　奢累，你说谎！

奢　　卑鄙无耻的孩子！我的宝剑将要重重地惩罚你，叫
　　　你像你父亲的尸骨一般，带着你的谎话长眠地下。
　　　为了证明你的虚伪，这儿是代表我的荣誉的手套；
　　　要是你有胆量，接受我的挑战吧。

费　　一头奔马是用不着你的鞭策的。要是我有敢吃，敢
　　　喝，敢呼吸，敢生活的胆量，我就敢在旷野里和奢
　　　累相会，用唾沫吐在他的脸上，说他说谎，说谎，
　　　说谎。这儿是我的应战的信物，凭着它我要给你一
　　　顿切实的教训。我重视我的信誉，因为我希望在这
　　　新天地内扬名显达；我所指控的奥墨尔的罪状一点
　　　没有虚假。而且我还听见被放逐的诺福克说过，他
　　　说是你，奥墨尔，差遣你手下的两个人到卡莱去把
　　　那尊贵的公爵杀死的。

奥　　那一位正直的基督徒为我作证，这儿我向诺福克掷
　　　下我的手套，因为他说了谎话；要是他遇赦回来，
　　　我要和他作一次荣誉的决赛。

波　　你们已经接受各人的挑战，可是你们的争执必须等
　　　诺福克回来以后再行决定。他将要被赦回国，虽然

　　是我的敌人，他的土地产业都要归还给他。等他回

　　来了，我们就可以判定奥墨尔是否有罪。

卡　　那样的好日子是再也见不到的了。流亡国外的诺福

　　克曾经好多次在光荣的基督徒的战场上，为了耶稣

　　基督而奋战，向黑暗的异教徒，土耳其人，撒拉逊

　　人招展着基督教的十字圣旗；后来他因为不堪鞍马

　　之劳，在意大利退隐闲居，就在威尼斯他把他的身

　　体奉献给那可爱的国土，把他纯洁的灵魂奉献给他

　　的主帅基督，在基督的旗帜之下，他曾经作过这样

　　长期的苦战。

波　　怎么，主教，诺福克死了吗？

卡　　正是，殿下。

波　　愿温柔的和平把他善良的灵魂接引到亚伯拉罕老祖

　　的胸前！各位互相控诉的贵爵们，你们各自信守你

　　们的誓约，等我替你们指定了一个审判的日期，再

　　来解决你们的争执。

【约克率侍从上。

约　　伟大的兰开斯脱公爵，我奉铩羽归来的理查之命，向
　　　你传告他的意旨；他已经全心乐意地把你立为他的
　　　嗣君，把他至尊的御杖交在你的庄严的手里。他现
　　　在已经退位让贤，升上他的宝座吧；亨利四世万岁！

波　　凭着上帝的名义，我要升上御座。

卡　　嗳哟，上帝不允许这样的事！在这儿济济多才的诸
　　　位贵人之间，也许我的钝口拙舌，只会遭人嗔怪，
　　　可是我必须凭着我的良心说话。你们都是为众人所
　　　仰望的正人君子，可是我希望在你们中间能够找得
　　　出一个真有资格审判尊贵的理查的公平正直的法
　　　官！要是真有那样的人，他的高贵的精神一定不会
　　　使他犯下这样重大的错误。那一个臣子可以判定他
　　　的国王的罪名？在座的众人，那一个不是理查的臣
　　　子？窃贼们即使罪状确凿，审判的时候也必须让他
　　　亲自出场，难道一位代表上帝的威严，为天命所简
　　　选而治理万民，受圣恩的膏沐而顶戴王冠，已经秉
　　　持多年国政的赫赫君王，却可以由他的臣下们任意
　　　判断他的是非，而不让他自己有当场辩白的机会？
　　　上帝啊！这是一个基督教的国土，千万不要让这些

文明优秀的人士干出这样一件无道，黑暗，卑劣的
行为！我用一个臣子的身分向臣子们说话，受到上
帝的鼓动，这样大胆地为他的君王辩护。这位被你
们称为国王的喜尔福特公爵是一个欺君罔上的奸恶
的叛徒；要是你们把王冠加在他的头上，让我预言
英国人的血将要滋润英国的土壤，后世的子孙将要
为这件罪行而痛苦呻吟；和平将要安睡在土耳其人
和异教徒的国内，扰攘的战争将要破坏我们这和平
的乐土，造成骨肉至亲自相残杀的局面；混乱，恐怖，
惊慌和暴动将要在这里驻留，我们的国土将要被称
为各各他①，堆积骷髅的荒场。啊！要是你们帮助
一个王族中人倾覆他的同族的君王，结果将会造成
这被咒诅的世界上最不幸的分裂。阻止它，防免它，
不要让它实现，免得你们的子孙和你们子孙的子孙
向你们呼冤叫苦。

诺　　你说得很好，主教；为了报答你这一番唇舌之劳，我
　　　们现在要用叛国的罪名逮捕你。威斯明斯脱长老，

————————

　　① 各各他（Golgotha），耶稣被钉于十字架之地，意为髑髅地。——
译者注

请你把他管押起来，等我们定期审判他。各位大人，你们愿不愿意接受平民的请愿？

波　　把理查带来，让他当着众人之前俯首服罪，我们也可以免去擅权僭越的嫌疑。

约　　我去领他来。（下）

波　　各位贵爵，你们中间凡是有犯罪嫌疑而应该受到逮捕处分的人，必须各自具保，静候裁判。（向卡）我们不能感佩你的好意，也不希望你给我们什么助力。

【约克率理查王及众吏捧王冠等物重上。

理　　唉！我还没有忘记我是一个国王，为什么就要叫我来参见新君呢？我简直还没有开始学习逢迎献媚，弯腰屈膝这一套本领；你们应该多给我一些时间，让悲哀教给我这些表示恭顺的方法。可是我很记得这些人的脸貌，他们不都是我的臣子吗？他们不是曾经向我高呼"万福"吗？犹大也是这样对待基督；可是在基督的十二门徒之中，只有一个人不忠于他；我在一万二千个臣子中间，却找不到一个忠心的人。

上帝保佑吾王！没有一个人说"阿们"吗？我必须
以祭司而兼任执事吗？那么好，阿们。上帝保佑吾
王！虽然我不是他，可是我还是要说阿们，也许在
上天的心目之中，还以为他就是我。你们叫我到这
儿来，有些什么使唤？

约　　请你履行你的自动倦勤的诺言，把你的国政和王冠
交卸给亨利·波林勃洛克。

理　　把王冠给我。这儿，贤弟，把王冠拿住了；这边是
我的手，那边是你的手。现在这一项黄金的宝冠就
像一口深井，两个吊桶一上一下地向这井中汲水；
那空的一桶总是在空中跳跃，满的一桶却在底下不
给人瞧见；我就是那下面的吊桶，充满着泪水，在
那儿饮泣吞声，你却在高空之中顾盼自雄。

波　　我以为你是自愿让位的。

理　　我愿意放弃我的王冠，可是我的悲哀仍然是我自己
的。你可以解除我的荣誉和尊严，却不能夺去我的
悲哀；我仍然是我的悲哀的君王。

波　　你把王冠给了我，同时也把你的一部分的忧虑交卸
给了我了。

理　你的新添的忧虑并不能抹杀我的旧有的忧虑。虽然
　　我把忧虑给了你，我仍然占有着它们；它们追随着
　　王冠，可是永远不离开我的身边。

波　你愿意放弃你的王冠吗？

理　是，不；不，是；我是一个没用的废人，一切听从
　　你的尊意。现在瞧我怎样毁灭我自己：从我的头上
　　卸下这千斤的重压，从我的手里放下这粗笨的御杖，
　　从我的心头丢弃了君主的威权；我用自己的泪洗去
　　我的圣油，用自己的手送掉我的王冠，用自己的舌
　　头否认我的神圣的地位，用自己的嘴唇免除一切臣
　　下的敬礼；我摒绝一切荣华和尊严，放弃我的采地，
　　租税，和收入，撤销我的诏谕，命令，和法律；愿
　　上帝宽宥一切对我毁弃的誓言！愿上帝使一切对你
　　所作的盟约永无更改！让我这一无所有的人为了一
　　无所有而悲哀，让你这享有一切的人为了一切如愿
　　而满足！愿你千秋万岁安坐在理查的宝位之上，愿
　　理查早早长眠在黄土的坟中！上帝保佑亨利王！失
　　去王冠的理查这样说；愿他享受无数阳光灿烂的岁
　　月！还有什么别的事情没有？

诺　　（以一纸示理）没有，就是要请你读一读这些人家控诉你的宠任小人，祸国殃民的重大的罪状；你亲口招认以后，世人就可以明白你的废立是咎有应得的。

理　　我必须这样做吗？我必须一丝一缕地剖析我的错综交织的谬误吗？善良的诺登勃兰，要是你的过失也被人家记录下来，叫你当着这些贵人之前朗声宣读，你会自知羞愧吗？在你的罪状之中，你将会发现一条废君毁誓的极恶重罪，它是用黑点标出，揭载在上天降罚的册籍里的。嘿，你们这些站在一旁，瞧着我被困苦所窘迫的人们，虽然你们中间有些人和彼拉多①一同洗过手，表示你们表面上的慈悲，可是你们这些彼拉多们已经在这儿把我送上了苦痛的十字架，没有水可以洗去你们的罪恶。

诺　　我的王爷，快些，把这些条款读下去。

理　　我的眼睛里满是泪，我瞧不清这纸上的文字；可是眼泪并没有使我完全盲目，我还看得见这儿一群叛徒们的脸貌。噢，要是我把我的眼睛转向着自己，

---

①彼拉多（Pilate），将耶稣钉死于十字架之罗马总督。——译者注

我会发现自己也是叛徒的同党，因为我曾经亲自答
应把一个君王的庄严供人凌辱，造成这一种尊卑倒
置，主奴易位，君臣失序，朝野混淆的现象。

诺　　我的王爷，——

理　　我不是你的什么王爷，你这盛气凌人的家伙，我也
　　　不是任何人的主上；我是一个无名无号的人，我在
　　　洗礼盘前领受的名字，已经被人篡夺去了。唉，不
　　　幸的日子！想不到我枉度了这许多岁月，现在却不
　　　知道应该用什么名字称呼我自己。啊！但愿我是一
　　　尊用白雪堆成的国王塑像，站在波林勃洛克的阳光
　　　之前，全身化水而溶解！善良的国王，伟大的国
　　　王，——虽然你不是一个盛德之君，——要是我的
　　　话在英国还能发生效力，请吩咐他们立刻拿一面镜
　　　子到这儿来，让我看一看我在失去君主的威严以后，
　　　还有一张怎样的脸孔。

波　　那一个人去拿面镜子来。（一从者下）

诺　　镜子已经去拿了，你先把这纸上的文字念起来吧。

理　　魔鬼！我还没有下地狱，你就这样折磨我。

波　　不要逼迫他了，诺登勃兰伯爵。

诺　　那么平民们是不会满足的。

理　　他们将会得到满足；当我看见那本记载着我的一切
　　　罪恶的书册，那就是当我看见我自己的时候，我将
　　　要从它上面念到许多的事情。

　　　【从者持镜重上。

理　　把镜子给我，我要借着它阅读我自己。还不曾有深
　　　一些的皱纹吗？悲哀把这许多的打击加在我的脸
　　　上，却没有留下深刻的伤痕吗？啊，谄媚的镜子！
　　　正像在我荣盛的时候跟随我的那些人们一样，你欺
　　　骗了我。这就是每天有一万个人托庇于他的广厦之
　　　下的那张脸吗？这就是像太阳一般使人不敢仰视的
　　　那张脸吗？这就是曾经面对许多荒唐的愚行，最后
　　　却在波林勃洛克之前黯然失色的那张脸吗？一道脆
　　　弱的光辉闪耀在这脸上，这脸儿也正像不可恃的荣
　　　光一般脆弱，（以镜猛掷地上）瞧它经不起用力一掷，
　　　就碎成片片了。沉默的国王，注意这一场小小的游
　　　戏中所含的教训吧，瞧我的悲哀怎样在片刻之间毁

灭了我的容颜。

波　　你的悲哀的影子毁灭了你的面貌的影子。

理　　把那句话再说一遍。我的悲哀的影子！哈！让我想
　　　一想。一点不错，我的悲哀都在我的心里；这些外
　　　表上的伤心恸哭，不过是那悄悄地充溢在受难的灵
　　　魂中的不可见的悲哀的影子，它的本体是在内心潜
　　　藏着的。国王，谢谢你的广大的恩典，你不但给我
　　　哀伤的原因，并且教给我怎样悲恸的方法。我还要
　　　请求一个恩典，然后我就向你告辞，不再烦扰你了。
　　　你能不能答应我？

波　　说吧，亲爱的王兄。

理　　“亲爱的王兄！”我比一个国王更伟大，因为当我
　　　做国王的时候，向我谄媚的人不过是一群臣子；现
　　　在我自己做了臣子，却有一个国王向我谄媚。既然
　　　我是这样了不得的一个人，我也不必开口求人了。

波　　可是说出你的要求来吧。

理　　你会答应我的要求吗？

波　　我会答应你的。

理　　那么准许我去。

波　　到那儿去？

理　　随便你叫我到那儿去都好，只要让我不再看见你的脸。

波　　来几个人把他送到塔里去。

理　　啊，很好！你们都是送往迎来的人，靠着一个真命君王的没落捷足高升。（若干卫士押理下）

波　　下星期三我们将要郑重举行加冕的典礼；各位贤卿，你们就去准备起来吧。（除卡莱尔主教，威斯明斯脱长老，及奥墨尔外均下）

威　　我们已经在这儿看到了一幕伤心的惨剧。

卡　　悲惨的事情还在后面；我们后世的子孙将会觉得这一天对于他们就像荆棘一般刺人。

奥　　你们两位神圣的教士，难道没有计策可以从我们这国土之上除去这罪恶的污点吗？

威　　大人，在我大胆地向您吐露我的衷曲以前，您必须郑重宣誓，不但为我保守秘密，并且还要尽力促成我的计划。我看见你们的眉宇之间充满了不平之气，你们的心头填塞着悲哀，你们的眼中洋溢着热泪。跟我回去晚餐；我要定下一个计策，它会使我们重见快乐的日子。（同下）

第五幕

需要毒药的人，并不喜爱毒药。虽然我希望他死，我却痛恨杀死他的凶手，反而对被杀者怀抱好感。

第一场 伦敦；直达塔狱之街道

【王后及宫女等上。

后　王上将要到这一条路上来；这就是通到裘力斯·该撒所造下的那座万恶的高塔去的路，我的主已经被骄傲的波林勃洛克判定在那高塔的顽石的胸中做一个囚人。让我们在这儿休息片刻，要是这叛逆的大地还有尺寸之土，可以容许它的真正的国君的元后歇足的话。

【理查王及卫士上。

后　可是且慢，瞧；不，还是转过脸去，不要瞧我那美丽的蔷薇萎谢吧；可是抬起头来，看看他，也许怜悯会使你们融为甘露，用你们真情的眼泪重新润泽他的娇颜。啊！你这古代特洛埃英雄的典型，你这荣誉的仪范，你是理查王的墓碑，不是理查王自己；你这富丽的旅舍，为什么你容留丑陋的悲哀寄住，却让胜利的欢乐去作下等酒肆中的顾客呢？

理　　不要和悲哀携手，美人，不要加重我的悲哀，使我
　　　太早结束我的生命。记着，好人儿，你应该想我们
　　　过去的荣华不过是一场美妙的幻梦；现在从梦里醒
　　　来，才发现了我们真实的处境。我是冷酷的穷困的
　　　结盟兄弟，爱人，他跟我将要到死厮守在一起。你
　　　快到法国去，找一所庵院栖隐吧；我的尘世的王冠
　　　已经因为自己的荒唐而失去了，从今以后，我们圣
　　　洁的生涯将要为我们赢得一顶新世界的冠冕。

后　　什么！我的理查在外形和心灵上都已经换了样子，
　　　变得这样孱弱了吗？难道波林勃洛克把你的理智也
　　　剥夺去了？他占据着你的心吗？狮子在临死的时
　　　候，要是找不到其他复仇的对象，也会伸出它的脚
　　　爪挖掘泥土，发泄它的战败的愤怒；你是一头狮子，
　　　万兽中的君王，却甘心像一个学童一般，俯首贴耳
　　　地受人鞭挞，奴颜婢膝地向人乞怜吗？

理　　万兽之王！真的我不过做了一群畜类的头脑；要是
　　　它们稍有人心，我至今还是一个人类中的幸福的君
　　　王。我的旧日的王后，你快准备准备到法国去吧；

你不妨以为我已经死了，就在这儿，你在我的临终的床前向我作了最后的诀别。在寒冬冗长的夜里，你和善良的老妇们围炉闲坐，让她们讲给你听一些古昔悲惨的故事；你在向她们道晚安以前，为了解除她们的悲哀，就可以告诉她们我的一生的痛史，让她们听了一路流着眼泪回去睡觉；即使无知的火炬听了你的动人的怨诉，也会流下同情之泪，把它的火儿浇熄，有的将要在寒灰中哀悼，有的将要披上焦黑的丧服，追念一位被废立的合法的君王。

【诺登勃兰率侍从上。

诺　　王爷，波林勃洛克已经改变他的意旨；您必须到邦弗雷脱，不用到塔里去了。娘娘，这儿还有对您所发的命令；您必须尽快动身到法国去。

理　　诺登勃兰，你是野心的波林勃洛克升上我的御座的阶梯，你们的罪恶早已贯盈，不久就要在你们中间造成分化的现象。你的心里将要这样想，虽然他把国土一分为二，把一半给了你，可是你有帮助他君临全国的大功，这样的报酬还嫌太小；他的心里却是这样想，你既然知道怎样扶立非法的君王，当然也知道怎样从僭窃的御座上把他推倒。恶人的友谊一下子就会变成恐惧，恐惧会引起彼此的憎恨，憎恨的结果，总有一方或双方得到咎有应得的死亡或祸报。

诺　我的罪恶由我自己承担，这就完了。你们互相道别吧；因为从此以后，你们不能再在一起了。

理　二度的离婚！恶人，你破坏了一段双重的婚姻；你使我的王冠离开了我，又要使我离开我的结发的妻子。让我用一吻撤销你我之间的盟誓；可是不，因为那盟誓是用一吻缔结的。分开我们吧，诺登勃兰。我向北方去，凛冽的寒风和瘴疠在那边逞弄它们的淫威；我的妻子向法国去，她从那边初到这儿来的时候，严妆华服，正像娇艳的五月，现在悄然归去，却像寂无生趣的寒冬。

后　那么我们必须分手吗？我们不能再在一起了吗？

理　是，我的爱人，我们的手儿不再相触，我们的心儿不再交通。

后　把我们两人一起放逐，让王上跟着我去吧。

诺 那可以表示你们的恩爱，可是却不是最妥当的政策。

后 那么他到什么地方去，我也到什么地方去。

理 要是这样的话，我们两人就要相对流泪，使彼此的悲哀合而为一了。还是你在法国为我流泪，我在这儿为你流泪吧；与其近而不见，不如彼此远隔。去，用叹息计数你的路程，我将用痛苦的呻吟计数我的路程。

后 那么最长的路程将要听到最长的呻吟。

理 我的路是短的，每一步我将要呻吟两次，再用一颗沉重的心补充它的不足。来，来，当我们向悲哀求婚的时候，我们应该越快越好，因为和它结婚以后，我们将要忍受长期的痛苦。让一个吻堵住我们两人的嘴，然后默默地分别；凭着这一个吻，我把我的心给了你，也把你的心取了来了。（二人相吻）

后 把我的心还我；你不应该把你的心交给我保管，因为它将会在我的悲哀之中憔悴而死。（二人重吻）现在我已经得到我自己的心，去吧，我要竭力用一声惨叫把它杀死。

理 我们这样痴心的留恋，简直在玩弄着痛苦。再会吧，让悲哀代替我们诉说一切不尽的余言。（各下）

第二场 同前；约克公爵府中一室

【约克及其夫人上。

约夫人　夫君，您刚才正要告诉我我们那两位侄子到伦敦来的情形，可是您讲了一半就哭了起来，没有把这段话说下去。

约　我讲到什么地方？

约夫人　您刚说到那些粗暴而无礼的手从窗口里把泥土和秽物丢到理查王的头上；说到这里，悲哀就使您停住了。

约　我已经说过，那时候那位公爵，伟大的波林勃洛克，骑着一匹勇猛的骏马，它似乎认识它的雄心勃勃的骑士，用缓慢而庄严的步伐徐徐前进，所有的人们都齐声高呼，"上帝保佑你，波林勃洛克！"你会觉得窗子都在开口说话；那么许多青年和老人的贪婪的眼光，从窗孔里向他的脸上投射他们热烈的瞥视；所有的墙壁都仿佛在异口同声地说，"耶稣保佑你！欢迎，波林勃洛克！"他呢，一会儿向着这边，一会儿向着那边，对两旁的人们脱帽点首，他的头垂下得比他那骄马的颈项更低，他向他们这样说，"谢谢你们，各位同胞"；这样一路上打着招呼而过去。

约夫人　　唉，可怜的理查！这时候他骑着马在什么地方呢？

约　　　　正像在一座戏院子里，当一个红角下场以后，观众用冷淡的眼光注视着后来的伶人，觉得他的饶舌十分可厌一般；人们的眼睛也正是这样，或者用更大的轻蔑，向理查怒视。没有人高呼"上帝保佑他"；没有一个快乐的声音欢迎他回来；只有泥土弄掷在他的神圣的头上，他是那样柔和而凄惋地把它们轻轻挥去，他的眼睛里噙着泪，他的嘴角含着微笑，表示出他的悲哀和忍耐，倘不是上帝为了某种特殊的目的，使人们的心变得那样冷酷，谁见了他都不能不深深感动，最野蛮的人也会同情于他。可是这些事情都有上天作主，我们必须俯首顺从它的崇高的意旨。现在我们是向波林勃洛克宣誓尽忠的臣子了，他的尊严和荣誉将要永远被我所拥护。

约夫人　　我的儿子奥墨尔来了。

约　　　　他过去是奥墨尔，可是因为他是理查的党羽，已经失去他原来的爵号；夫人，你现在必须称他为勒脱兰了。我在议院里还替他担保过他一定对新王矢忠效命呢。

【奥墨尔上。

约夫人　　欢迎，我儿；新的春天来到了，那些人是现在当令的鲜花？

奥　　母亲，我不知道，我也懒得关心；上帝知道我羞于和他们为伍。

约　　呃，在这新的春天，你得格外谨慎你的行动，免得还没有到开花结实的时候，你就给人剪去了枝叶。奥克斯福特有什么消息？他们还在那边举行着各种比武和竞赛吗？

奥　　照我所知道的，父亲，这些仍旧在照常举行。

约　　我知道你要到那里去。

奥　　要是上帝允许我，我是准备着去的。

约　　那露出在你的胸前的是封什么书信？哦，你的脸色变了吗？让我瞧瞧上面写些什么话。

奥　　　父亲，那没有什么。

约　　　那么就让人家瞧瞧也不妨。我一定要知道它的内容；
　　　　给我看写着些什么。

奥　　　求大人千万原谅我；那不过是一件无关重要的小事，
　　　　为了种种理由，我不愿让人家瞧见。

约　　　为了种种理由，小子，我一定要瞧一瞧。我怕，
　　　　我怕，——

约夫人　　您怕些什么？那看来不过是因为他想要在赛武的
　　　　日子穿几件华丽的服装，欠下人家一些款项的借据
　　　　罢了。

约　　　哼，借据！妻子，你是一个傻瓜。孩子，让我瞧瞧
　　　　上面写些什么话。

奥　　　请您原谅，我不能给您看。

约　　　我非看不可；来，给我。（夺信阅看）反了！反了！
　　　　混蛋！奸贼！奴才！

约夫人　　什么事，我的主？

约　　　喂！里边有人吗？

【一仆人上。

约　　　替我备马。慈悲的上帝！这是什么叛逆的阴谋！

约夫人　　嗳哟，什么事，我的主！

约　　　喂，把我的靴子给我；替我备马。嘿，凭着我的荣誉，
　　　　　我的生命，我的良心起誓，我要告发这奸贼去。（仆下）

约夫人　　究竟是怎么一回事呀？

约　　　闭嘴，愚笨的妇人。

约夫人　　我偏不闭嘴。什么事，奥墨尔？

奥　　　好妈妈，您安心吧；没有什么事，左右拼着我的一
　　　　　条命就是了。

约夫人　　拼着你的一条命！

约　　　把我的靴子拿来；我要见国王去。

【仆持靴重上。

约夫人　　打他，奥墨尔。可怜的孩子，你全然吓呆了。（向仆）
　　　　　滚出去，狗才！再也不要走近我的面前。（仆下）

约　　　喂，把我的靴子给我。

约夫人　　唉，约克，你要怎样呢？难道你自己的儿子犯了

一点过失，你都不肯替他遮盖吗？我们还有别的儿
子，或者还会生下一男半女来吗？我的生育的时期
不是早已过去了吗？我现在年纪老了，只有这一个
好儿子，你却要硬生生把我们拆开，害我连一个快
乐的母亲的头衔都不能保全吗？他不是很像你吗？
他不是你自己的亲生骨肉吗？

约　　　你这痴心的疯狂的妇人，你想把这黑暗的阴谋隐匿
起来吗？这儿写着他们有十来个同党已经互相结
盟，要在奥克斯福特刺杀国王。

约夫人　　他一定不去参加；我们叫他住在家里就是了，那
不是和他没有相干了吗？

约　　　走开，痴心的妇人！即使他跟我有二十重的父子关
系，我也要告发他。

约夫人　　要是你也像我一样曾经为他呻吟床席，你就会更
仁慈一些的。可是现在我明白你的意思了；你一定
疑心我曾经对你不贞，以为他是一个私生的野种，
不是你的儿子。亲爱的约克，我的好丈夫，不要那
样想；他的面貌完全和你一个模样，不像我，也不
像我的亲属，可是我爱他。

约　　　让开，放肆的妇人！（下）

约夫人　　追上去，奥墨尔！骑上他的马，加鞭疾驰，赶上他的前头去见国王，趁他没有控诉你以前，先向国王请求宽恕你的过失。我立刻就会来的；虽然老了，我相信我骑起马来，还可以像约克一样的快。我要跪在地上不再起来，直到波林勃洛克宽恕了你。去吧！（各下）

第三场　温莎；堡中一室

【波林勃洛克冕服上；亨利·泼息及众臣随上。

波　　谁也不知道我那放荡的儿子的下落吗？自从我上次
　　　看见他一面以后，到现在足足三个月了。他是我的
　　　唯一的祸根。各位贤卿，我巴不得把他找到了才好。
　　　到伦敦各家酒店里访问访问，因为人家说他每天都
　　　要带着一群胡作非为的下流朋友到那种地方去的；
　　　他所交往的那些人，甚至于会在狭巷之中殴辱巡丁，
　　　劫掠路人，这荒唐而柔弱的孩子却会不顾自己的身
　　　分，支持这群浪人的行动。

亨　　陛下，大约在两天以前，我曾经见过王子，并且告
　　　诉他在奥克斯福特举行的这些盛大的赛会。

波　　那哥儿怎么说？

亨　　他的回答是：他要到妓院里去，从一个最丑的娼妇
　　　手上拉下一只手套，带着作为纪念；凭着那手套，
　　　他要把最勇猛的挑战者掀下马来。

波　　一派荒唐的胡说；可是从他的狂妄之中，我却可以

看见一些希望的光芒，也许他年纪大了点儿，他的
行为就会改善的。可是谁来啦？

【奥墨尔上。

奥　　王上在什么地方？

波　　贤弟为什么这样神色慌张？

奥　　上帝保佑陛下！请陛下允许我跟您独自说句话儿。

波　　你们退下去吧，让我们两人在这儿谈话。（亨及众臣
　　　下）贤弟有什么事情？

奥　　（跪）愿我的双膝在地上生了根，我的舌头永远黏
　　　在腭上发不出声音来，要是您不先宽恕了我，我就
　　　一辈子不起来，一辈手不说话。

波　　你的过失不过是一种企图呢，还是一件已经犯下的
　　　罪恶？假如它是图谋未遂的案件，无论案情怎样重
　　　大，为了取得你日后的好感，我可以宽恕你。

奥　　那么准许我把门儿锁了，在我的话儿没有说完以前，
　　　让谁也不要进来。

波　　随你的便吧。（奥锁门）

约　　（在内）陛下，留心！仔细被人暗算；你有一个叛徒在你的跟前呢。

波　　（拔剑）奸贼，你动一动就没命。

奥　　请陛下息怒；我不会加害于您。

约　　（在内）开门，你这粗心的不知利害的国王；难道我为了尽忠的缘故，必须向你说失敬的话吗？开门，否则我要把它打开来了。（波开门）

【约克上。

波　　（将门重行锁上）什么事，叔父？说吧。安息一会儿，让你的呼吸回复过来。告诉我危险离开我们有多少远近，让我们可以准备抵御它。

约　　读一读这儿写着的文字，你就可以知道他们在进行着怎样叛逆的阴谋。

奥　　当你读着的时候，请记住你给我的允许。我已经忏悔我的错误，不要在那上面读出我的名字；我的手虽然签署盟约，我的心却并没有表示同意。

约　　奸贼，你有了谋叛的祸心，才会亲手签下你的名字。

　　这纸儿是我从这叛徒的胸前抢下来的，国王；恐惧使他忏悔，并不是他真有悔悟的诚心。不要怜悯他，免得你的怜悯变成一条直刺你的心脏的毒蛇。

波　　啊，万恶的大胆的阴谋！啊，一个叛逆的儿子的忠心的父亲！你是一道清净无垢的洁白的泉源，他这一条溪水就从你的源头流出，却从淤泥之中玷污了他自己！你的大量的美德在他身上都变成了奸恶，可是你的失足的儿子这一个罪该万死的过失，将要因为你的无限的善良而邀蒙宽宥。

约　　那么我的德行将要成为他的作恶的护符，他的耻辱将要败坏我的荣誉，正像浪子们挥霍他们父亲辛苦积聚下来的金钱一样了。他的耻辱死了，我的荣誉才可以生存；否则我就要在他的耻辱之中过度我的含羞蒙垢的生活。你让他活命，等于把我杀死；赦免了叛徒，却把忠臣处了死刑。

约夫人　（在内）喂，陛下！为了上帝的缘故，让我进来。

波　　什么人尖声尖气地在外边嚷叫？

约夫人　（在内）一个妇人，你的婶娘，伟大的君王；是我。对我说话，可怜我，开开门吧；一个从来不曾向人请求过的乞丐在请求你。

波　　我们这一出庄严的戏剧，现在却变成"乞丐与国王"
了。我的包藏祸心的兄弟，让你的母亲进来；我知
道她要来为你的罪恶求恕。（奥开门）

约　　要是你听从了无论什么人的求告把他宽恕，更多的
罪恶将要因此而横行无忌。割去腐烂的关节，才可
以保全身体上其余各部分的完好；要是听其自然，
它的脓毒就要四散蔓延，使全身陷于不可救治的地步。

【约克夫人上。

约夫人　　啊，国王！不要相信这个狠心的人；不爱自己，怎
么能爱别人呢？

约　　你这疯狂的妇人，你到这儿来干么？难道你的衰老
的乳头还要喂哺一个叛徒吗？

约夫人　　亲爱的约克，不要生气。（跪）听我说，仁慈的
陛下。

波　　起来，好婶娘。

约夫人　　不，我还不能起来，我要永远跪在地上匍匐膝行，

永远不看见幸福的人们所见的白昼，直到你把快乐给了我，那就是宽恕了勒脱兰，我的一时失足的孩子。

奥 求陛下俯从我母亲的祷请，我也在这儿跪下了。（跪）

约 我也屈下我的忠诚的膝骨，求陛下不要听从他们。（跪）要是你宽恕了他，你将要招致无穷的后患！

约夫人 他的请求是真心的吗？瞧他的脸吧；他的眼睛里没有流下一滴泪，他的祈祷是没有诚意的。他的话从他的嘴里出来，我们的话却发自我们的衷心；他的请求不过是虚应故事，心里但愿你把它拒绝，我们却用整个的心灵和一切向你求祷；我知道他的疲劳的双膝巴不得早些立起，我们却甘心长跪不起，直到我们的膝儿在地上生了根。我们真诚热烈的祈求胜过他的假惺惺的作态，所以让我们得到虔诚的祈祷者所应该得到的慈悲吧。

波 好婶娘，起来吧。

约夫人 不，不要叫我起来；你应该先说"宽恕"，然后再说"起来"。假如我是你的保姆，我在教你说话的时候，一定先教你说"宽恕"两字。我从来不曾像现在这样渴想着听见这两个字；说"宽恕"吧，国王，让怜悯教你怎样把它们说出口来。这不过是两个短短的字眼，听上去却是那么可爱；没有别的字比"宽恕"更适合于君王之口了。

约　　你用法文说吧，国王；说"pardonnez moy"。

约夫人　你要教宽恕毁灭宽恕吗？啊，我的冷酷的丈夫，我的狠心的主！按照我们国内通用的语言，说出"宽恕"这两个字来吧；我们不懂得那种扭扭捏捏的法文。你的眼睛在开始说话了，把你的舌头装在你的眼眶里吧；或者把你的耳朵插在你的怜悯的心头，让它听见我们的哀诉和祈祷怎样刺澈你的心灵，也许怜悯会感动你把"宽恕"两字吐露出来。

波　　好婶娘，站起来。

约夫人　我并不要求你叫我立起；宽恕是我唯一的请愿。

波　　我宽恕他，正像上帝将要宽恕我一样。

约夫人　啊，屈膝的幸福的收获！可是我还是满腔忧惧；再说一遍吧，把"宽恕"说了两次，并不是把宽恕分而为二，却会格外加强宽恕的力量。

波　　我用全心宽恕他。

约夫人　你是一个地上的天神。

波　　可是对于我们那位忠实的姻兄和那位长老，以及一
　　　　切他们的同党，灭亡的命运将要立刻追踪在他们的
　　　　背后。好叔父，帮助我调遣几支军队到奥克斯福特
　　　　或者凡是这些叛徒们所寄足的无论什么地方去；我
　　　　发誓决不让他们活在世上，只要知道他们的下落，
　　　　一定要叫他们落在我的手里。叔父，再会吧。兄弟，
　　　　再会；你的母亲太会求告了，愿你从此以后做一个
　　　　忠心的人。

约夫人　　来，我儿；求上帝使你改过自新。（各下）

第四场　堡中另一室

　　【埃克斯敦及一仆人上。

埃　　你没有注意到王上说些什么话吗？"难道我没有一
　　　个朋友，愿意替我解除这一段活生生的忧虑吗？"
　　　他不是这样说吗？

仆　　他正是这样说的。

埃　　他说，"难道我没有一个朋友吗？"他把这句话接连
　　　说了两次，不是吗？

仆　　正是。

埃　　当他说这句话的时候，他有心瞧着我，仿佛在说，"我
　　　希望你是愿意为我解除我的心头的恐怖的人"；他
　　　的意思当然是指那幽居在邦弗雷脱的废王而说的。
　　　来，我们去吧；我是王上的朋友，我要替他除去他
　　　的敌人。（同下）

第五场　邦弗雷脱；堡中监狱

【理查王上。

理　　我正在研究怎样可以把我所栖身的这座牢狱和整个
　　　的世界两相比较；可是因为这世上充满了人类，这
　　　儿除了我一身之外，却没有其他的生物，所以它们
　　　是比较不起来的；虽然这样说，我还要仔细思考一
　　　下。我要证明我的头脑是我的心灵的妻子，我的心
　　　灵是我的思想的父亲；他们两人产下了一代生生不
　　　息的思想，这些思想充斥在这小小的世界之上，正
　　　像世上的人们一般互相倾轧，因为没有一个思想是
　　　满足的。比较好的那些思想，例如关于宗教方面的
　　　思想，却和怀疑互相间杂，往往援用经文的本身攻
　　　击经文；譬如说，"来吧，小孩子们"；可是接着
　　　又是这么说，"到天国去是像骆驼穿过针孔一般艰
　　　难的"。野心勃勃的思想总是在计划不可能的奇迹；
　　　凭着这些脆弱无力的指爪，怎样从这冷酷的世界的
　　　坚硬的肋骨，我的凹凸不平的囚墙上，抓破一条出

路；可是因为它们没有这样的能力，所以只能在它们自己的骄傲之中死去。安分自足的思想却用这样的话安慰自己：它们并不是命运的最初的奴隶，也不会是它的最后的奴隶；正像愚蠢的乞丐套上了枷，自以为许多人都在他以前套过枷，在他以后，也还有别的人要站在他现在所站的地方，用这样的譬解掩饰他们的羞辱一样。凭着这一种念头，它们获得了精神上的宽裕，安心背负它们不幸的灾祸。这样我一个人扮演着许多不同的角色，没有一个能够满足他自己的命运：有时我是国王；叛逆的奸谋使我希望我是一个乞丐，于是我就变成了乞丐；可是压人的穷困劝诱我还不如做一个国王，于是我又变成了国王；一会儿忽然想到我的王位已经被波林勃洛克所推翻，那时候我就立刻化为无有；可是无论我是什么人，无论是我是别人，只要是一个人，在他没有彻底化为无有以前，是什么也不能使他感到满足的。我听见的是音乐吗？（乐声）吓，吓！不要错了拍子。美妙的音乐失去了合度的节奏，听上去是多么可厌！人们生命中的音乐也正是这样。我的

耳朵能够辨别一根琴弦上的错乱的节奏，却听不出
我的地位和时间已经整个失去了谐和。我曾经消耗
时间，现在时间却在消耗着我；时间已经使我成为
他的计时的钟；我的每一个思想代表着每一分钟，
它的叹息代替了嘀嗒的声音，一声声打进我的眼里；
那不断地揩拭着眼泪的我的手指，正像钟面上的时
针，指示着时间的进展；那叩击我的心铃的沉重的
叹息，便是报告时辰的钟声。这样我用叹息、眼泪、
和呻吟代表一分钟一点钟的时间；可是我的时间在
波林勃洛克的得意的欢娱中飞驰过去，我却像一个
呆子般站在这儿，替他无聊地看守着时间。这音乐
使我发疯；不要再奏下去了吧，因为虽然它可以帮
助疯人恢复理智，对于我却似乎能够使头脑清醒的
人变成疯狂。可是祝福那为我奏乐的人！因为这总
是好意的表示，在这充满着敌意的世上，好意对于
理查是一件珍奇的宝物。

【马夫上。

马夫　　祝福，庄严的君王！

理　　　谢谢，尊贵的卿士；我们中间最微贱的人，也会高
　　　　抬他自己的身价。你是什么人？这儿除了给我送食
　　　　物来，延长我的不幸的生命的那个可恶的狗头以外，
　　　　从来不曾有人来过；你是怎么来的，汉子？

马夫　　王爷，从前你还是一个国王的时候，我是你的御厩
　　　　里的一个卑微的马夫；这次我因为到约克去，路过
　　　　这里，好容易向他们千求万告，总算见到我的旧日
　　　　的王爷一面。啊！那天波林勃洛克加冕的日子，我
　　　　在伦敦街道上看见他骑着那匹斑色的巴巴利马，我
　　　　想起你从前常常骑着它，我替它梳刷的时候，也总
　　　　是特别用心，现在马儿已经换了主人，看着它我的
　　　　心就痛了。

理　　　他骑着巴巴利马吗？告诉我，好朋友，它载着波林
　　　　勃洛克是怎么走着的？

马夫　　高视阔步，就像它瞧不起脚下的土地一般。

理　　　它是因为波林勃洛克在它的背上而这样骄傲的！那
　　　　畜生曾经从我的尊贵的手里吃过面包，它曾经享受
　　　　过御手抚拍的光荣。它不会颠踬吗？骄傲必然会遭

到倾覆，它不会失足倒地，跌断那霸占着它的身体
的骄傲的家伙的头颈吗？恕我，马儿！你是造下来
受制于人，天生供人坐骑的东西，为什么我要把你
责骂呢？我并不是一匹马，却像驴子一般背负着重
担，被波林勃洛克鞭策得遍体鳞伤。

【狱卒持食物一盆上。

狱卒　（向马夫）汉子，走开；你不能再留在这儿了。

理　　要是你爱我，现在你可以去了。

马夫　我的舌头所不敢说的话，我的心将要代替它诉说。（下）

狱卒　王爷，请用餐吧。

理　　按照平日的规矩，你应该先尝过一口再给我。

狱卒　王爷，我不敢；披厄斯·埃克斯敦爵士新近从王上
　　　那边来，吩咐我不准尝食。

理　　魔鬼把亨利·兰开斯脱和你一起抓了去！我再也忍
　　　耐不住了。（打狱卒）

狱卒　救命！救命！救命！

【埃克斯敦及从仆等武装上。

理　　呀！这一场杀气腾腾的进攻是什么意思？恶人，让
你自己手里的武器结果你自己的生命。（自一仆手
中夺下兵器，将其杀死）你也到地狱里去吧！（杀
死另一仆人；埃克斯敦击理查倒地）那击倒我的手
将要在永远不熄的烈火中焚烧。埃克斯敦，你的凶
暴的手已经用国王的血玷污了国王自己的土地。升
上去，升上去，我的灵魂！你的位置是在高高的天
上，我的污浊的肉体却在这儿死去，它将要向地下
沉埋。（死）

埃　　他满身都是勇气，正像他满身都是高贵的血液一样。
我已经溅洒他的血液，毁灭他的勇气；啊！但愿这
是一件好事，因为那夸奖我干得不错的魔鬼，现在
却对我说这件行为已经记载在地狱的黑册之中。我
要把这死了的国王带到活着的国王那边去。把其余
的尸体搬去，就在这儿找一处地方埋了。（同下）

第六场 温莎；堡中一室

【喇叭奏花腔。波林勃洛克，约克，及群臣侍从等上。

波　　好约克叔父，我们最近听到的消息，是叛徒们已经
　　　纵火焚烧我们葛罗斯脱郡的西斯脱镇；可是他们有
　　　没有被擒被杀，却还没有听见下文。

【诺登勃兰上。

波　　欢迎，贤卿。有什么消息没有？

诺　　第一，我要向陛下恭祝万福。第二，我要报告我已
　　　经把萨力斯拜雷，史宾奢，勃伦脱，和肯脱这些人
　　　的首级送到伦敦去了。他们怎样被捕的情形，这一
　　　封书信上写得很详细。

波　　谢谢你的勤劳，善良的泼息，我一定要重重褒赏你
　　　的大功。

【费滋华脱上。

费　陛下，我已经把勃洛卡斯，和裴内脱·西利爵士的首级从奥克斯福特送到伦敦去了，他们两人也是企图在奥克斯福特向你行弑的同谋逆犯。

波　费滋华脱，你的辛劳是不会被我忘却的；我知道你这次立功不小。

【亨利·泼息率卡莱尔主教上。

亨　那谋逆的主犯威斯明斯脱长老因为忧愧交集，已经得病身亡；可是这儿还有活着的卡莱尔，等候你的纶音宣判，惩戒他不法的狂妄。

波　卡莱尔，这是我给你的判决：找一处僻静的所在，打扫一间清净庄严的精舍，在那边过度你的逍遥自乐的生涯；平平安安地活着，无牵无挂地死去。因为虽然你一向是我的敌人，我却可以从你身上看到忠义正直的光辉。

【埃克斯敦率从者舁棺上。

埃   伟大的君王，在这一棺之内，我向你呈献你的埋葬
了的恐惧；这儿气息全无地躺着你的最大的敌人，
波尔铎的理查，他已经被我带了来了。

波   埃克斯敦，我不能感谢你的好意，因为你已经用你
的毒手干下一件毁坏我的荣誉，玷辱我们整个国土
的恶事了。

埃   陛下，我是因为听了您亲口所说的话，才去干这件事的。

波   需要毒药的人，并不喜爱毒药，我对你也是这样；
虽然我希望他死，我却痛恨杀死他的凶手，反而对
被杀者怀抱好感。你把一颗负罪的良心拿去作为你
的辛劳的报酬吧，可是你不能得到我的嘉许和眷宠；
愿你跟着该隐在暮夜的黑影中徘徊，再不要在光天
化日之下显露你的容颜。各位贤卿，我郑重声明，
凭着鲜血的浇溉成就我今日的地位，这一件事是使
我的灵魂抱恨无穷的。来，赶快披上阴郁的黑衣，
陪着我举哀吧，因为我是真心悲恸。我还要参诣圣
地，洗去我这罪恶的手上的血迹。现在让我们用沉
痛的悲泣，肃穆地护送这死于非命的遗骸。（同下）

附

录

关于"原译本"的说明

文／朱尚刚

朱生豪从 1935 年做准备工作开始，历时近十年，完成了 31 部莎剧的翻译工作，虽然最终未能译完全部莎翁剧作，但已经为将这位世界文坛巨匠介绍给中国人民做出了卓越的贡献。朱生豪译莎以"保持原作之神韵"为首要宗旨，他的译作也的确实现了这个宗旨，至今仍受到读者的欢迎和学界的高度评价。

朱生豪的译莎工作是在贫病交加、极端困难的情况下进行的。日本侵略者的炮火两度摧毁了他已经完成的几乎全部译稿和辛苦搜集起来的各种莎剧版本、注释本和大量参考资料，在最后为译莎而以命相搏的时候，手头"仅有的工具书，只是两本词典——牛津词典和英汉四用辞典。既无其他可以参考的书籍，更没有可以探讨质疑的师友"。而且他当时毕竟还是一个阅历不深的年轻人，虽然有着出众的才华，然而翻译作品中存在各种各样的缺陷和疏漏是完全可以想象的。

朱生豪的遗译最早于 1947 年由世界书局出版（收入除历史剧外的剧本 27 种），以后于 1954 年由作家出版社出版了包括全部朱生豪译作的《莎士比亚戏剧集》。上世纪60年代初期，人民文学出版社组织了一批国内一流的专家对朱译莎剧进行校订和补译，原打算在1964年纪念莎翁400周年诞辰时出版完整的《莎士比亚全集》，后因各种原因一直到1978年才得以问世。

《莎士比亚全集》的出版，是我国一代莎学大师通力合作取得的划时代的成就。经校订的朱译莎剧，在很大程度上纠正了原译本因各种主客观原因而产生的缺陷和疏漏，并体现了当时在英语语言和莎学研究上的新成果，是对朱生豪译莎事业的进一步提升和完善。我对这一代莎学前辈们的努力表示真挚的感谢和崇高的敬意！

上世纪九十年代后期，为反映新时代语言的发展和新的学术成果，译林出版社再次组织专家进行了对朱译莎剧的校订，并出版了新的校订本。

校订过程中除了对一些理解或表达方面的缺疵进行修改外，反映较多的是原译本中"漏译"的内容。实际上我相信朱生豪真正因为"疏忽"而漏译的情况即使不是绝对没有，也应该是极少的。我估计，有些地方可能是因为当时的客观条件实在太差，有些地方实在难以理解又没有任何资料可以查考，因此在不影响剧本相对顺畅性的前提下只能跳过去了。

而更多的情况下是有些内容和说法似乎有点"不雅"，朱生豪出于中国传统的思维习惯，就把这些"不雅"的东西删去了。这种做法是否合适是有待商榷的，但也在一定程度上反映了那个特定的时代，特定的阶层，特定的译者的思维方式和特征。

莎士比亚的话题是说不尽的，同样，对莎士比亚的翻译和研究也是说不尽的。经校订的朱译莎剧无疑是对原译稿的改善，但从某种意义上来说，校订者和原译者的思维定式和语言习惯难免有所不同，因此也有读者感到经校订后的译文在语言风格的一致性等方面受到了影响，还有学者对某些修改之处也提出存疑。这些也是很正常的现象，再好的校订本也需要在实践和历史中经受检验，进一步地"校订"和完善。

也是出于这样的考虑，社会上对未经"校订"的朱生豪原译本也产生了相当的兴趣，希望能看到完全体现朱生豪翻译风格，能反映那个时代的语言习惯和学术水平的原译本，看到一个本色的朱生豪译本（包括他的错漏之处）。这在我们这个多元化的社会中应该是一个合理的希求。这次中国青年出版社出版这套原译本系列，正是顺应了这样一种需求，并借此来表达对我的父亲——朱生豪诞辰100周年的纪念之情。我对此表示真挚的谢意！

译者自序

（原文收录于 1947 年版《莎士比亚戏剧全集》）

　　于世界文学史中，足以笼罩一世，凌越千古，卓然为词坛之宗匠，诗人之冠冕者，其唯希腊之荷马，意大利之但丁，英之莎士比亚，德之歌德乎。此四子者，各于其不同之时代及环境中，发为不朽之歌声。然荷马史诗中之英雄，既与吾人之现实生活相去过远；但丁之天堂地狱，复与近代思想诸多抵牾；歌德去吾人较近，彼实为近代精神之卓越的代表。然以超脱时空限制一点而论，则莎士比亚之成就，实远在三子之上。盖莎翁笔下之人物，虽多为古代之贵族阶级，然彼所发掘者，实为古今中外贵贱贫富人人所同具之人性。故虽经三百余年以后，不仅其书为全世界文学之士所耽读，其剧本且在各国舞台与银幕上历久搬演而弗衰，盖由其作品中具有永久性与普遍性，故能深入人心如此耳。

　　中国读者耳莎翁大名已久，文坛知名之士，亦尝将其作品，译出多种，然历观坊间各译本，失之于粗疏草率者尚少，失之于拘泥生硬者实繁有徒。拘泥字句之结果，不仅原作神味，荡焉无存，甚且艰深晦涩，有若天书，令人不能卒读，此则译者之过，莎翁不能任其咎者也。

余笃嗜莎剧，尝首尾研诵全集至十余遍，于原作精神，自觉颇有会心。廿四年春，得前辈同事詹文浒先生之鼓励，始着手为翻绎全集之尝试。越年战事发生，历年来辛苦搜集之各种莎集版本，及诸家注释考证批评之书，不下一二百册，悉数毁于炮火，仓卒中惟携出牛津版全集一册，及译稿数本而已。厥后转辗流徙，为生活而奔波，更无暇晷，以续未竟之志。及三十一年春，目观世变日亟，闭户家居，摈绝外务，始得专心壹志，致力译事。虽贫穷疾病，交相煎迫，而埋头伏案，握管不辍。凡前后历十年而全稿完成，（案译者撰此文时，原拟在半年后可以译竟。讵意体力不支，厥功未就，而因病重辍笔）夫以译莎工作之艰巨，十年之功，不可云久，然毕生精力，殆已尽注于兹矣。

余译此书之宗旨，第一在求于最大可能之范围内，保持原作之神韵；必不得已而求其次，亦必以明白晓畅之字句，忠实传达原文之意趣；而于逐字逐句对照式之硬译，则未敢赞同。凡遇原文中与中国语法不合之处，往往再四咀嚼，不惜全部更易原文之结构，务使作者之命意豁然呈露，不为晦涩之字句所掩蔽。每译一段竟，必先自拟为读者，察阅译文中有无暧昧不明之处。又必自拟为舞台上之演员，审辨语调之是否顺口，音节之是否调和。一字一句之未惬，往往苦思累日。然才力所限，未能尽符理想；乡居僻陋，既无参考之书籍，又鲜质疑之师友。谬误之处，自知不免。所望海内学人，惠予纠正，幸甚幸甚！

原文全集在编次方面，不甚惬当，兹特依据各剧性质，分为"喜剧"、"悲剧"、"杂剧"、"史剧"四辑，每辑各自成一系统。读者循是以求，不难获见莎翁作品之全貌。昔卡莱尔尝云，"吾人宁失百印度，不愿失一莎士比亚。"夫莎士比亚为世界的诗人，固非一国所可独占；倘因此集之出版，使此大诗人之作品，得以普及中国读者之间，则译者之劳力，庶几不为虚掷矣。知我罪我，惟在读者。

生豪书于三十三年四月。

图书在版编目（CIP）数据

理查二世的悲剧 / （英）莎士比亚（Shakespeare,W.）著；
朱生豪译. —北京：中国青年出版社，2013.4
（新青年文库·莎士比亚戏剧朱生豪原译本全集）
ISBN 978-7-5153-1491-4

I. ①理… II. ①莎… ②朱… III. ①历史剧 - 剧本 - 英国 - 中世纪
IV. ① I561.33

中国版本图书馆 CIP 数据核字 (2013) 第 044446 号

书　　　名：理查二世的悲剧
著　　　者：【英】莎士比亚
译　　　者：朱生豪
审　　　订：朱尚刚
责任编辑：庄庸　王昕
特约策划：张瑞霞
特约编辑：于晓娟
出版发行：中国青年出版社
社　　　址：北京东四十二条 21 号
邮政编码：100708
网　　　址：www.cyp.com.cn
门 市 部：(010) 57350370
印　　　刷：三河市君旺印刷厂
经　　　销：新华书店

开　　　本：700×1000　1/32
印　　　张：5.125
字　　　数：150 千字
版　　　次：2013 年 9 月北京第 1 版印刷
印　　　次：2013 年 9 月河北第 1 次印刷
印　　　数：0,001-4,000 册
定　　　价：19.80 元

本图书如有印装质量问题，请凭购书发票与质检部联系调换
联系电话：(010) 57350337